肩口を揺らすアメリアをリネンに押さえつけ、
ジョシュアは艶めかしい接吻を繰り返しながら、
前開きのコルセットのホックをひとつずつ外していく。
「放さないよ……。……いや、『放せない』かな」

シフォン文庫

いいなりラプンツェル

—プリンス・ロイヤル・ウェディング—

仁賀奈

集英社

いいなりラプンツェル
—プリンス・ロイヤル・ウェディング—

目次

イラスト／池上紗京

いいなりラプンツェル
—プリンス・ロイヤル・ウェディング—

プロローグ　思いがけない婚約

隣国に住んでいる叔母《おば》のもとに身を寄せ、留学していたアメリア・コーラルが、五年ぶりに邸《やしき》に戻った夜。夕食の席で父から告げられたのは、思いがけない話だった。

「ティーナが結婚ですって？」

静まり返った食堂《ダイニング・ルーム》に、アメリアの引き攣《つ》った声が響《ひび》く。

ティーナは三つ年の離れたアメリアの妹だ。まだ十七歳になったばかりの彼女に、結婚なんて早すぎる。そう言い返そうとするが、父は嬉々《きき》とした表情で続けた。

「相手は、ディセット家のご子息だ。お前もよく知っているはずだ。彼ならきっと、ティーナを幸せにしてくれるだろう」

母が流行病《はやりやまい》で急逝《きゅうせい》してから、父は再婚もせずに、ふたりの娘に愛情を注いでくれた。

そんな父はアメリアたちが物心ついた頃から、『貴族の男に気を許すな』と再三言い聞かせ続けていた。上流階級の男性たちは淫蕩《いんとう》に耽《ふけ》り、責任を持たない者が多いことに心から嫌悪《けんお》していたせいだ。父は伯爵《はくしゃく》の地位にありながら、貴族嫌いという少々風変《ふうが》わりで偏屈《へんくつ》な性格をしている。

ティーナに結婚を申し込んできたロブ・ディセットは、堅物《かたぶつ》な父も喜んで結婚を認めるほど生真面目《きまじめ》な男だ。

こんなに喜ぶ父の姿を見たのは、生まれて初めてかもしれない。突然の話に戸惑《とまど》うものの、アメリアは横から水を差すようなことは言えなかった。

妹も同じ気持ちなのか、俯《うつむ》きながらもなにも言い返さない。だが、ティーナはなにか想《おも》うところがあるのか、豊かに波打つブルネットを指に巻きつけて、少しグリーンがかったアイスグレーの瞳《ひとみ》を潤《うる》ませている。

ティーナは年よりも幼《おさな》く見える愛らしい顔立ちをしていた。薔薇《ばら》色の頬《ほお》にふっくらとした唇《くちびる》と形のいい鼻、華奢《きゃしゃ》で小柄な身体《からだ》、そのすべてが誰もを魅了《みりょう》する。

見た目の美しさだけでなく、思い遣《や》りがあって優しく、まるで天使のような少女だ。

ティーナに結婚を申し込んできたロブが、気を惹《ひ》こうとして、昔からなんどもお菓子を渡していた姿が思い出される。

『こ、これ。お前にやる！　たくさんあるから、姉さんにも分けてやってもいいんだぞ』

ティーナは食が細い。だから、食事をしなくなるからやめてほしいと、アメリアがなんど言い聞かせても、彼はいっこうに懲《こ》りなかったぐらいだ。

可愛《かわい》くて、心優しいティーナ。同じ両親から生まれたというのに、愛嬌《あいきょう》のないアメリアとは大違いの存在だ。

幼《おさな》い頃からアメリアは、亡くなった母の代わりをしてきた。ティーナを守って、大切に育ててきたつもりだ。だが、それは父も同じだ。誰よりもティーナの幸せを願っている。

それが解《わか》っているからこそ、ティーナ本人も降って湧いた結婚話に戸惑いながらも、断ることができないでいるのだろう。

「ティーナは構わないの？」

あまり乗り気に見えないティーナに助け船を出すつもりで、アメリアは尋《たず》ねた。

「あの……、私……」

震えた声で、ティーナが呟《つぶや》く。ここで急《せ》かしては、彼女は自分の気持ちを告げなくなってしまう。

ティーナのことをよく理解しているアメリアと父は、おとなしく言葉の続きを待った。

彼女に結婚を申し込んだロブは、ティーナよりも五歳上の青年だ。ディセット家は父と同じ伯爵の地位を持ちつつも、領地にある港で貿易商を営んでいた。彼もその仕事を手伝っていて、嫡男《ちゃくなん》である彼が家督《かとく》を継ぐことになる。ロブと結婚すれば、ティーナは生涯《しょうがい》なに不自由することなく暮らしていけるだろう。

アメリアの脳裏《のうり》に、ロブがティーナにお菓子を渡す姿が過《よ》ぎる。彼はいつも、ちらちらとこちらの様子を窺《うかが》いながら、顔を真っ赤にしていた。

ロブは落ち着きがなくて、早とちりという困ったところがあるものの、堅実で、穏やかで優しい性格をしていた。きっとティーナは幸せにしてもらえるに違いない。

――しかし。

「ごめんなさい。少し考えさせてほしいの……」

ティーナは父と姉であるアメリアに決して逆らおうとはせず、どんなことでも受け入れていた。あまりの素直さに心配していたぐらいだ。いつもふわふわと捉《とら》えどころのない微笑《ほほえ》みを浮かべているティーナにしては、それは珍《めずら》しい返答だった。

「そうか……。ではディゼット家にもそう伝えておこう」

父は項垂《うなだ》れながらも、ティーナの意志を受け入れる。

「だが、返事は早いほうがいい。よく考えなさい」

ティーナはアイスグレーの瞳を泳がせながら、薔薇色の唇を震わせていた。

＊＊　＊＊　＊＊

「ティーナ。遅くにごめんなさい。少しだけ話してもいい？」

その夜更《ふ》け、アメリアはティーナの部屋の扉をノックした。父のいない場所で彼女と話したかったからだ。

「……お姉様？　どうぞ、入って」

室内に入ると、ダマスクローズの甘い芳香《パフューム》が鼻腔《びこう》を擽《くすぐ》る。目の前に広がるのは、薔薇やアネモネ、ベルガモットなどのドライフラワーに、レースで飾られた匂い袋《サシェ》、花のポマンダーや色とりどりのグラスに飾られたポプリの数々だ。ひらひらとしたレース、色とりどりのリボン、ふわふわとしたぬいぐるみ。なにもかもが愛らしいティーナにぴったりだ。

それらはすべてティーナの手作りで、亡くなった母に彼女が習ったものだった。

アメリアは椅子《いす》に座りながら、近くにあった作りかけのポマンダーを手に取る。オレンジに花やハーブやスパイスなどを塗《まぶ》して吊《つ》るす装飾品だ。爽《さわ》やかでとてもいい匂いがする。

「気に入ってくれたのなら、出来上がったらお姉様のお部屋に持って行くわ」

嬉しそうにティーナが微笑む。

この部屋とは違い、アメリアの部屋は本とハーブや観葉植物などのグリーンばかりが置かれた部屋だ。室内で愛らしいのものは、ティーナがくれたポプリの枕やテーブルクロスぐらいだろうか。

ハーブの栽培《さいばい》は、亡くなった母が大事にしていたものを、枯《か》らさないように育てているうちに習慣になってしまっただけだ。生まれながらに趣味だったわけではない。

他には、苺《いちご》や林檎《りんご》、葡萄《ぶどう》やラズベリーなどの季節の果物を、砂糖や蜂蜜《はちみつ》で甘く煮たコンフィチュールやシロップにして瓶詰《びんづ》めにしたり、砂糖や酒で漬けたりするのが習慣になっている。そうしておくと、父やティーナが喜ぶし、ハーブは、日常だけではなく病気のときの薬やお茶としても重宝《ちょうほう》するからだ。

少女的で愛らしい趣味のティーナとは違い、アメリアがしているのは家族の健康や喜びのためのものだ。生活感がありすぎる気がしてならない。

だが女性として完璧に見える妹のティーナにも欠点はある。独創《どくそう》性に溢れすぎているため、料理の腕は壊滅《かいめつ》的で、迂闊《うかつ》な性格をしているため、植物を育てるのも苦手なのだ。

アメリアが今日、五年ぶりに家に帰ると、メイドたちのいる階下とは別にある簡易キッチンの食器や鍋は、すべて高い位置にのけられていた。どうやら料理を覚えることはしなかったらしい。

だが、庭の隅《すみ》に作っていた小さなハーブ園は一部を除《のぞ》いて無事だった。

そのままにしておけば、きっと枯らされてしまう……と考えて、アメリアは大事なハーブをたくさん鉢に植え替えて留学先に持って行っていた。だが、ティーナも母の形見を枯らさないために、慣れぬ作業を頑張《がんば》って残されたハーブを育てていたらしい。

彼女は、愛らしいだけではなく努力家で、なんに対しても一生懸命だ。だからアメリアは羨《うらや》むことはあっても、見放すことなどできないのだ。

「お姉様？」

アメリアがふと気がつくと、ポマンダーを手にしたまま考え込んでいた自分を、ティーナが不思議そうに見つめていた。

「ごめんなさい。あなたも成長したんだと思って」

長く伸ばした艶《つや》やかなホワイトブロンドを指で払って背中のほうへと流すと、アメリアは微笑みを浮かべた。

「本当にそう思ってくださる？　お姉様にそう言っていただけるなんて嬉しいわ」

無邪気に喜んでいる彼女に向き合うと、アメリアは神妙な声音《こわね》で尋ねる。

「……大人になったのだから、私がお父様のいない場所で、あなたと話をしにきた意味は解るわよね」

するとティーナは、頬をいっそう赤く染めて頷《うなず》いた。

「好きな人ができたの？」

昔からティーナは愛らしい少女だった。だから言い寄る少年たちは後を絶たなかった。

しかし、恋心というものに鈍感で、なんでも笑顔で受け流してしまうティーナ自身は、恋をしたことなどなかったはずだ。五年という時間は、少女を大人に変えるほど長かったようだ。

アメリアの問いに、ティーナが目を丸くした。

「……ど、どうして解ったの？」

ポプリで作られたクッションで顔を隠しながら、ティーナが聞き返してくる。

こんな姿を見せられて、解らない者などいないだろう。

「解るわよ。ねえ。お相手はどなた？」

父に聞いた話では、ティーナは社交界デビューしたばかりの身だ。

もしや相手は、貴族なのだろうか？　そう考えると不安になってしまう。結婚を申し込んできたロブは貴族の家に生まれながらも一途《いちず》で真面目な性格をしていた。だが貴族やその息子たちは、有り余る金に物を言わせ、享楽《きょうらく》的に生きている者のほうが圧倒的に多い。

純真で初心《うぶ》なティーナなんて、すぐに騙《だま》されてしまうだろう。

「……お姉様に言ったら、きっと反対するわ……」

ティーナが悲しげに瞼《まぶた》を伏せる姿を、アメリアは血の気が引く思いで見つめる。

どうやら不安は的中してしまったらしい。

「神様……」

アメリアが嘆息してしまうのも無理はなかった。

「心配してくださらなくても、本当に優しい人なの。……お姉様も彼とお話ししてくれれば、きっと解ってくれる」

ティーナは人を嫌うことがない。

彼女にかかれば、どんな相手でも神様か天使と称されることだろう。それが、凶悪な殺人犯であったとしても。

「やっぱりあなたが心配だから、その方と会わせてくれないかしら」

アメリアは苦々《にがにが》しい思いでティーナに告げた。そして、彼女の震える手をぎゅっと握り締める。

「ええ。もちろんよ。……でも、お父様には内緒《ないしょ》にしてね」

初めての恋をしたばかりの身で、他の相手との結婚話などされては、怯《おび》えるのも当然だ。

ティーナは、姉であるアメリアが守らなければ。

母が亡くなる直前に、そう固く誓ったのだから。

そうして、アメリアはティーナの初恋の相手を確認するために、数日後に王城で行われる舞踏会へと足を向けることになった。

第一章　王子様との密約

ブランシェス王国は、大海に面し古くから魚の養殖《ようしょく》やビールの原料である小麦やホップを特産として栄えた国だ。鉱山からは宝石にもなる尖晶石《スピネル》やガラスや磁器《じき》の原料となる霞石《かすみいし》を多く産出し、国庫を潤《うるお》していた。

隣国であるアルヴァラ王国との親交も深く、国立大学では留学制度も設《もう》けているほどだ。

長閑《のどか》で富めるブランシェス王国の最北部にある首都コーロウィー。その中心に流れるポルトフェ川を見下ろす高台に建てられているのが、エーレンフェル城だ。

大昔の名残《なごり》である城門塔《ゲイトハウス》のある堅固な城壁を潜《くぐ》ると、外からは想像もできないほど優美な景観が広がっている。群像彫刻を囲むようにして作られた噴水のある前庭、区画された馬車道と芝生《しばふ》。その奥にあるのが、外壁を赤煉瓦《れんが》で建造された城だ。そのエーレンフェル城は大小いくつかの棟と尖塔《せんとう》から成り立っている。

広大な中庭には各国から集められた様々な種類の薔薇《ばら》が植えられていて、ゲストルームからもその美しく咲き乱れた花を見ることができるのだ。

大広間では頻繁《ひんぱん》に舞踏会や晩餐会《ばんさんかい》が開かれ、国の豊かさを広く知らしめていた。

今日は第一王子ジョシュアの二十一歳の誕生日を祝う舞踏会だ。

キラキラと光を反射する目映《まばゆ》いシャンデリアがいくつも下がった大広間には、豪勢な料理が並べられ、オーケストラが奏《かな》でる軽やかなワルツのメロディーが流れる。華やかで美しく着飾った紳士淑女《しんししゅくじょ》が立ち並ぶ。

「いったい誰が、ティーナを……」

楽しげな様子の貴族たちを、アメリアは窓際から厳《いか》めしく強張《こわば》った顔で眺《なが》めていた。

しかし、傍目《はため》には異質な光景だったらしい。何人かの貴族たちに不審《ふしん》そうにこちらを振り返られてしまう。アメリアは慌《あわ》ててホール内に背を向けて、窓ガラスのほうへと顔を向けた。

大きなガラスにはラベンダー色のドレスを身に纏《まと》った自分の姿が映し出されていた。精緻《せいち》な刺繍《ししゅう》やフリルで飾られたドレスは、デコルテをみせる格好《かっこう》で、ボディラインを強調するようなスタイルだ。パニエで拡げたふわりとしたスカートは光沢のあるシフォン製で、アレキサンドライトのように歩く度《たび》に微妙に色を変える。カールしたホワイトブロンド、顔色を良く見せるために赤く塗られた唇《くちびる》、ヒヤシンス色の大きな瞳《ひとみ》、高い鼻梁《びりょう》。そんな自分の顔を眺めながらアメリアは溜息を吐いてしまう。やはりティーナと違って、可愛《かわい》げがない。

はっきりとした物言いのせいか、初対面の相手にはきつい性格に思われがちだが、本来のアメリアはとても傷つきやすい性格をしていた。

人の顔色を見てしまうし、強引に物事を押し進めるのは苦手だ。しかし、妹を男たちの毒牙《どくが》にかけないように守り、毅然《きぜん》として生きてきたのだ。どんな相手だったとしても怯《ひる》むわけにはいかない。

「お姉様。あの方よ」

人のひしめき合う大広間の中で、自分の想《おも》い人を探していたティーナが、相手を見つけたのかアメリアのもとに戻って声をかけてくる。

「どこ？」

失礼にならないように扇《おうぎ》で顔を隠して、ヒソヒソと話をしながら、ティーナの示す方向へと顔を向けた。

すると、そこにアメリアがこの世で最も会いたくなかった男の姿がある。

「ごめんなさい……。見間違ったみたい。あの方……じゃないわよね」

アメリアが震える声で尋ねると、ティーナは不思議そうに首を傾《かし》げる。

「いいえ。あの柱時計の側《そば》にいらっしゃる方よ」

なんど見直しても間違いはない。ティーナの言う柱時計の前には、この国の第一王子であるジョシュア・サイファスがいた。彼は、穏やかな話し口調とは対照的に、燃えるようなラズベリッシュブラウンの髪をしていた。そして、キラキラと輝くアメシストのような瞳は涼やかで、誰もが憧れる高い鼻梁を持ち、引き締まった官能的な唇をしている。

精悍《せいかん》な頬《ほお》から首筋のラインに漂う色香は、卒倒《そっとう》する女性がいるという噂《うわさ》が隣国にまで轟《とどろ》いているほどだ。美しい面立《おもだ》ちだけではない。金糸や銀糸で作られた肩章や飾緒《しょくちょ》のついたロイヤルブルーの盛服を身に纏《まと》っているせいで、目映《まばゆ》いほど威厳《いげん》がある。麗《うるわ》しくも気品のある立ち姿に、今も大広間にいるほとんどの令嬢たちが、熱い眼差《まなざ》しを向けている。

王子の隣には、国で一番辛辣《しんらつ》な性格をしているのではないかと噂されている公爵《こうしゃく》家の嫡子《ちゃくし》、グスタヴス・ウォルターが立っていた。彼は王子と血縁があり幼《おさな》なじみだという話を、父の知人に聞いたことがあった。

その知人が主宰していた大がかりなお茶会で、アメリアもグスタヴスを見かけたことがある。

グスタヴスは見上げるほど背が高く、月を紡《つむ》いだようなシルバーの髪に、キリッとした太い眉《まゆ》をしていて、切れ長で濃い琥珀《こはく》色の瞳を持ち、凛々《りり》しい鼻梁に、少し厚めの唇という整った容姿をした男だ。

彼は黒い盛装を好んでいつも着ていた。だが眼光が鋭く、誰とも馴《な》れ合わない性格が災いしてか、夜道で人を刺しても返り血が解《わか》らないようにするため、そのような服を纏《まと》っているのだという不穏な噂まで流れている。

人のひしめき合う舞踏会の大広間の中で、ふたりが立つ柱時計の前だけが別世界のようだっ

た。

　気難しい顔で話をする美貌《びぼう》のふたりに、令嬢たちは熱い眼差しをむけていた。だが、彼らは誰も近寄るなとばかりの雰囲気《ふんいき》を漂わせている。

　どう考えてもグスタヴスが、ティーナの想い人である優しい男だとは考えられない。

　だとすれば、あの腹黒いジョシュア王子が、純真なティーナを甘い言葉で騙《だま》して近寄ったのだと憶測がつく。

「なんてことなの」

　クラリと眩暈《めまい》がした。

　アメリアは留学前に、貴族の息子たちには充分気をつけてほしいとティーナに言い含めた。素直なティーナはアメリアの言葉通り、貴族の息子たちには気をつけていたのかもしれない。だが、よりによって王子に対して油断してしまったのだ。

「……あなたの好きな人は、……ジョシュア王子なの……？」

　もしや勘違いなのでは？　そう願って、アメリアは震える声で尋ねる。するとティーナは薔薇色に頬を染めて、惚《ほう》けたように呟《つぶや》いた。

「王子様は、私の願いを必ず叶《かな》えてくださると誓ってくださったの」

　ほうっと吐息を漏《も》らしながら、夢見がちな表情でティーナが呟く。

　ティーナは、あの害悪の塊《かたまり》に騙されているのだ……と、アメリアは叫びたかった。

一見優しげな笑顔の裏で人をいたぶるジョシュアのせいで、アメリアはどれほど心を傷つけられたことだろう。

五年もの間、大切なティーナと離れて留学していたのも、彼から離れるためだと言っても過言ではない。

柱時計の前にいたジョシュアとグスタヴスは、ふと顔をこちらに向けると、鋭い視線を向けてくる。

アメリアは息が止まりそうだった。そうして、硬直していると、ジョシュアが嬉《うれ》しそうに手を振ってくる。そして、優雅な足取りで、ふたり揃《そろ》ってこちらに近づいてくる姿が見えた。

先ほどまでの戦意をなくして、アメリアは今すぐにでも逃げだしたくなる。しかし、このホール内で一番恐ろしい狼《おおかみ》たちを目の前にして妹を放り出せない。

「ふん。狼の縄張りに迷い込んだ愚《おろ》かな子兎《こうさぎ》二匹……といったところか」

目の前に立つなり、グスタヴスが辛辣《しんらつ》な台詞《せりふ》を浴びせてきた。

「……っ!?　グスタヴス様、それはどういう……」

アメリアが言い返そうとする。だが、ジョシュアが遮《さえぎ》るようにして、好意的な言葉をかけてくる。

「久し振りだね。アメリア。君がいないブランシェス王国は灯が消えたようで、とても寂《さび》しかったよ。それにティーナも元気そうでなによりだ」

折れそうな心を怒りで抑え込み、アメリアは毅然《きぜん》とした態度で王子たちに対峙《たいじ》した。

グスタヴスがギロリと鋭い眼差しで、こちらを見下ろしてくる。すると、グスタヴスの見上げるような身長と、恐ろしい眼光を前に怯《おび》えたのか、ティーナがアメリアの背中に隠れてしまう。

「寂しいだなんて、ご冗談を。ジョシュア殿下《でんか》の派手な女性関係の噂は隣国のアルヴァラ王国まで届いていましたわ」

これはカマをかけただけだった。それに、こうしてろくでもない男だということを、ティーナの前で告げておけば、目を覚ましてくれるのではないかと考えたのだ。

アメリアの言葉に、王子は顔色を変える。

どうやら当てずっぽうで口にした言葉は本当だったらしい。

「僕が望まなくても、令嬢たちは勝手に熱を上げてしまうからね。おかしな噂が流れてしまうのも仕方がないことだよ」

見事な受け流し方に、今度はアメリアが顔を引き攣《つ》らせる番だった。

これでは、王子の話こそが真実に聞こえてしまう。

「ジョシュア殿下。本日はお誕生日おめでとうございます。おめでたい席で申し訳ないのですが、……妹のことで、お話ししたいことがあるのです。どうか、少しだけでもお時間を割《さ》いていただけませんか」

するると、ティーナが不安そうにアメリアの腕を引いてくる。

「……お姉様？　とつぜんなにをおっしゃるの」

ジョシュアには、妹に手を出すなと釘を刺すつもりだった。アメリアを信じきっているティーナには悪いが、こんな男に妹の将来を預けることはできない。

「すまないけど、今日はいろいろと大切な用事があってね。よかったら、明日の正午に城を訪ねてくれないかな。一緒にお茶でもどうだい。……ああ。久し振りに君の淹《い》れたハーブティーが飲みたいな。軽く抓《つま》めるものは、こちらで用意するから」

含みのある物言いに苛立《いらだ》ちながらも、アメリアは王子の提案に対して笑顔を返した。

「お忙しいジョシュア殿下のお時間を特別に割いていただくのは、とても心苦しいのですが、確かにここでは言いにくいことなので、明日、お邪魔させていただきますわ」

深々と礼をすると、アメリアはティーナの手を掴《つか》む。

「今日はもう帰りましょう、ティーナ。明日、ジョシュア殿下とよく話し合っておくから、安心して」

そう言って立ち去ろうとするが、ティーナが名残惜しげになんども、後ろを振り返っている気配が伝わってくる。

――あんな男に、妹を渡すわけにはいかない。

明日こそが、本当の戦いの始まりだ。アメリアは自分にそう強く言い聞かせた。

＊＊　＊＊　＊＊

アメリアが、ブランシェス王国の王位第一継承者であるジョシュアに出会ったのは、五年前のことだ。当時彼女は十五歳で、彼は十六歳だったと記憶している。

まだ十二歳になったばかりのティーナの手を引いて、彼女は隣町のとある林檎《りんご》畑へと向かっていた。

農園を営んでいる父の知り合いに、立派に育ったハーブを分けてあげたところ、林檎を好きなだけ持って帰ってもいいと言われたのだ。

バスケットの中には、水の他にハーブティーや苺《いちご》シロップ、サンドイッチ、焼き菓子、さくらんぼの砂糖漬け、そしてティーナが転んだときのための傷薬などを入れていた。

帰宅時には、その中にいっぱいの林檎を詰《つ》めるつもりだ。林檎は酒や酢《す》を漬けるほかに、ありとあらゆるお菓子にも使える。メイドが市場で買ってくる林檎もいいが、自分でもいだ果実は格別に美味《おい》しく感じる。そのことを幼いティーナにも知ってほしくて、彼女を連れてアメリアはピクニックがてら農園に出向いたのだ。

「林檎さん、楽しみね」

最近、家庭教師に習ったらしい林檎の歌を口ずさむティーナを微笑《ほほえ》ましく見つめながら、アメリアが先を急いでいると、森の奥からぐったりとした様子の少年が姿を現した。

「……あの人……、具合が悪そう」

そう心配げに口にしながらも、ティーナは怯えた様子でアメリアの背中に隠れる。

アメリアも恐ろしくて堪《たま》らなかった。だが、なにがあってもティーナを守らなければならない。そう心を強くもって、目を凝《こ》らした。すると、少年の腰の辺《あた》りが真っ赤に染まっているのが見える。どうやら深傷《ふかで》を負っているらしい。

「怪我《けが》をしているみたい」

息を乱した少年が、木の根元に力ない様子で沈み込む。アメリアは急いで彼に近づいた。

「あなた、こんなところでどうしたの？」

話しかけると、どこか朦朧《もうろう》とした様子で、ハンティング帽を深く被《かぶ》った少年が皮肉げな笑みを浮かべる。

「どうやら、僕は長くないみたいだな。純白の天使が見える」

アメリアは天使ではない。確かにホワイトブロンドと色白な肌のせいで、色素の薄い容姿をしているが、ただの人間だ。

「馬鹿《ばか》なことを言わないで。怪我を診《み》るから服を脱がすわよ」

「どうぞ？　女性に服を脱がされるなんて、死ぬ前に貴重な経験ができて嬉しいよ」

彼は上質な乗馬服を身につけていた。どうやら狩りに出ていて、流れ弾にでも当たるか、落馬して木で腹を裂《さ》くかをしてしまったらしい。

「運の悪い人ね」

「いや、運はすこぶるいいよ。最後に君みたいな天使に会えたんだから」

バスケットを開き水で傷口を洗うと、ウィッチヘーゼルの葉で作った薬で手早く止血していく。だが傷はかなり深く、応急処置だけでは、難しいようだった。彼を医者のもとに連れて行かなければ。

「ティーナ、林檎は今度にしましょう？　ごめんなさいね」

「このお兄様を、お医者様のところに連れていくの？」

「そうよ。このまま放っておけないもの」

か弱い女の力だけでは、彼を町まで運べない。アメリアは通りがかった馬車を停めて、事情を説明する。そして御者《ぎょしゃ》の手を借りて彼を町医者の所へと連れて行った。

＊＊　＊＊　＊＊

「傷は深いが、応急処置が良かったんだな。兄ちゃん、そこの嬢ちゃんに感謝しとけよ」

無精髭《ぶしょうひげ》を生《は》やした医者が、ぼりぼりと頭を掻《か》きながら言ってのける。するとベッドに横たわっている少年は感慨《かんがい》深げに呟いた。

「本当だね。彼女がいなかったら、僕は今頃きっと野垂《のた》れ死んでいたに違いない。心から感謝するよ。君……名前は？」

「アメリアよ。こっちは妹のティーナ。困ったときは、助け合うものよ。気にしないで。でも、ごめんなさい。私たちこの町の人間じゃないから、そろそろ帰らないと父が心配してしまう」

少年はここまで乗せてくれた馬車を御していた男に、金貨を渡して、家の人を呼んでいた様子だった。そのうち迎えが来るに違いない。

「ここまでしてもらっただけで、充分だよ。ありがとう」

礼を言って少年が笑顔を浮かべる。アメリアはそのとき初めて、彼がとても美しい顔立ちをしていることに気づいた。

彼が深くハンティング帽を被っているせいもあるが、今までは怪我が心配で、容姿を構う余裕などなかったからだ。

「ん？　どうかした？」

「いいえ。なんでもないわ」

なんだか急に気恥ずかしくなって、目を逸《そ》らした。胸の奥がざわめくような、奇妙な感覚に囚《とら》われてしまっていた。

その感覚を振り払うように、アメリアはブルッと身震いした。そしてバスケットの中にあった昼食を、医者と少年に差しだした。

「よかったら、おふたりでこれを召し上がって」

するとティーナが悲しげに呟く。

「ティーナも、お腹空《す》いたな……」

「帰ったら夕飯にするから、あなたはだめ。これをあげるから我慢して？」

ポケットからアーモンドタフィーを取り出し、ティーナの口に放り込むと、彼女はすぐに笑顔を浮かべた。

「あまくておいしい。今夜はご飯の代わりに、タフィーをいっぱい食べちゃだめ？」

幸せそうに口を動かすティーナの姿を見ていると、つい頷《うなず》きそうになってしまう。

アメリアは苦笑いしながら答えた。

「それはだめ。さあ、帰りましょう。そろそろお父様も邸に戻っているはずよ」

立ち去ろうとするふたりに、少年がベッドの上から声をかけてくる。

「また会えたら必ずお礼をするよ。それまで元気で」

名前しか名乗っていないというのに、少年はまるで近いうちに確実に会えるとでも言いたげだ。

「お大事に。お礼なんて結構よ」

困った人がいれば助けるのは、当然だ。そうすれば、自分がなにか困ったことがあった際、誰かが手を差し伸べてくれる。

それにお礼が欲しくて、助けたわけではない。

「それじゃ、さよなら」

アメリアは挨拶《あいさつ》をすると、ティーナの手を引いて邸へと戻った。

＊＊　＊＊　＊＊

その数日後、アメリアは前日に摘《つ》んだばかりの林檎を鍋で煮て、蜂蜜《はちみつ》をたっぷりと使ったコンフィチュールをつくっていた。続いて果実酒を仕込むと、その残りで、アップルパイを焼き始める。

コーラル家は伯爵《はくしゃく》の地位を持ち、邸《やしき》には多くの使用人を抱えている。だが、亡くなった母が市井《しせい》の出だったため、アメリアは幼《おさな》い頃から身の回りのことは、自分ですることが習慣になっているのだ。

この厨房《ちゅうぼう》は、階下の使用人に気を遣《つか》わせないために邸の厨房と別になっている。

ティールームだった部屋を、父が料理好きの母のために改築した簡易キッチンなのだ。室内はドライミントが多く吊るされ、コンフィチュールや果実酒、そしてシロップなどの瓶がたくさん並べられていた。広い室内を暖めるためにある暖炉の前には、母の使っていた揺り椅子があり、オーブンでお菓子を焼く間、アメリアはそこでよく読書をしている。

アップルパイが焼けるまで、まだまだ時間がある。アメリアは粉で汚れたテーブルを掃除した後、林檎のパンを仕込もうかと考える。

だが穏やかな時間を遮るように、メイドのひとりがやってきた。どうやらアメリアに会うために、客人が訪れたらしい。

「いったい誰かしら」

幼い頃に母を亡くしてからアメリアは、自分の時間を割いて妹の面倒《めんどう》をみてきた。そのため、友達は少ない。こんなふうに彼女に会うために客人が訪れることは滅多《めった》になかった。

「お、お、おうじさまですよ。アメリア様」

「叔父様《おじ》？」

母の妹は隣国に嫁いだのだが、その夫である叔父は諸国を渡り歩いている。アメリアたちとは直接血の繋がらない叔父が、この邸に立ち寄るなんて数年ぶりのことだ。

そう思いながら応接間に向かうと、扉の前には仰々《ぎょうぎょう》しい近衛兵《このえへい》が立っている。

「……あ、あの……」

ここは自分たちが住んでいる邸のはずだ。いったいなにごとかと目を丸くしていると、衛兵たちは深々と頭を下げて、扉を開いた。

恐る恐る中を覗《のぞ》くと、そこにはラズベリッシュブラウンの髪をきらめかせた、麗《うるわ》しい少年がソファーに鎮座しているのが見えた。

身に纏《まと》うのは、王族にのみ着衣を許されたロイヤルブルーの衣装だ。

「やあ、久し振り」

笑顔で声をかけられるが、呆然《ぼうぜん》とアメリアはただ立ち尽くすしかない。

「この間は、怪我をしているところを助けてくれてありがとう。改めて礼を言うよ。僕はジョシュア・サイファス。顔は知らなかったみたいだけど、名前なら解るだろう？　この国の王位第一継承者だ」

無論彼の名前は識《し》っている。少年の挨拶を呆然と聞いていたアメリアは、咄嗟《とっさ》に言葉がでない。

たしかにコーラル家は伯爵家の地位を持っているが、アメリア自身は社交界デビューしていないため、王子の姿を間近で見たことがなかったのだ。

だから、森で怪我をしていた少年が、王子だなんて、夢にも思わなかった。

「どうしたんだ？　ねぇ、聞こえてる？　ごめんね、お礼を言いに来るのが遅くなって」

「け……、怪我の具合はもうよろしいのですか。殿下」

震える声で尋ねると、ジョシュアは肩を竦《すく》めてみせる。

「今さら敬語はやめてくれないかな。城の中にいるみたいで肩が凝《こ》ってしまう」

ジョシュアは辟易《へきえき》とした様子で、皮肉げに笑ってみせる。その姿は、町医者の診療所で見た彼の姿を思い出させた。

「ああ、解っているだろうけど、敬称もつけないでくれる？　僕は君と仲良くなるためにここに来たんだ」

「仲良く？」

アメリアはつい、訝《いぶか》しげに尋ね返してしまう。この国の王子である彼が、単なる伯爵令嬢でしかない相手と仲良くなっても、なんの利点もないはずだ。

どんな気まぐれなのだろうか。それともなにか意味があるのだろうか……と、アメリアは警《けい》戒《かい》してしまう。

「怯えた顔しなくても大丈夫だよ。まだとって食うわけじゃないし。よかったらお茶を振る舞ってくれないかな。ゆっくり話がしたいんだ」

ジョシュアがそう言って、お茶を所望《しよもう》する。そうして、焼けたばかりのアップルパイを用意し、タンポポの根を焙煎《ばいせん》して作ったコーヒーを淹《い》れると、アメリアは応接間のソファーに座る彼に差しだした。すると彼は機嫌良さそうに、アップルパイに舌鼓《したつづみ》を打つ。

「うん。とってもおいしい。城の専属コックとはまた違う温かさがあるね」

お世辞ではないらしく、サクサクとしたパイ生地から、とろりとした蜜液を零《こぼ》すアップルパイを、彼はペロリと平らげた。

「ところで、……ジョ、ジョシュアはどうして、あんな場所で怪我をしていたの？」

躊躇《ため》いがちに彼の名を呼び、アメリアは不思議に思っていたことを尋ねた。すると、こともなげにジョシュアが答える。

「従弟《いとこ》に裏切られたんだ。ハンティングの流れ弾に当たって僕が死んだことにして、自分が王位に就《つ》くつもりだったみたいだね」

信じられない言葉に、アメリアは目を瞠《みは》るしかない。

「謀反《むほん》の動きがあることは知っていたから、こっちも罠《わな》を仕掛けていたけど、昔から僕に仕《つか》えていた側近が金を渡されていたんだ。返り討ちにしてやったけど、失血で眩暈《めまい》がしたときはさすがに死ぬかと思ったな。あのとき、君に偶然出会えて良かったよ」

どうやらジョシュアはたったひとりで謀反を起こした相手を倒したものの、怪我を負ってしまったらしい。そうして瀕死《ひんし》になっているところに、偶然アメリアたちが、やって来たのだろう。

ジョシュアは、たいしたことでもなさそうに呟く。その様子は裏切りには慣れているとばかりだ。

「身近な人間に裏切られるのは、あなたが相手を普段から大切にしてあげてないせいでもあるのよ」

悲しい気持ちでアメリアは進言する。

「いくら大切にしていても、金に目が眩《くら》んだ奴《やつ》らなんて、仕えている相手だろうが構わずに裏切るよ」

タンポポコーヒーのカップを持つジョシュアはいかにも王子らしい佇《たたず》まいで、とても優雅だ。しかしその言動は、褒《ほ》めるべきところがなにひとつない。

「違うわ。いくらお金を積まれても、自分が普段から本当に大切にしている人は、簡単に裏切ったりしない」

アメリアはそう信じたかった。周りの人を疑いながら生活するなんて、寂《さび》しい真似を彼にしてほしくなかったからだ。

「君は甘いね。きっと人に裏切られることもなく、大切に育てられたってことだろうけど」

確かにアメリアは、人に命を狙われたことはなかった。

邸に勤め始めて間もない使用人に、金目の物を持ち出され、そのまま行方をくらまされたことはあったが、親族に裏切られて、怪我を負った彼に比べれば些細《ささい》なことでしかない。

「……ごめんなさい。あなたは心にも身体にも傷を負ったばかりなのに、ひどいことを言ったわ」

申し訳なく思いながら謝罪すると、ジョシュアが笑顔で答える。

「気にしなくていいよ。僕が側近にひどい扱いをしていたのは本当のことだから。初めて会ったのに、まるでずっと僕の隣で見ていたみたいだ。すごいね、君って」

「……やっぱり……」

そんな予感がしたのだ。だからつい冷たいことを口にしてしまった。

「悪いね。僕は人に愛されたことがないから、親切ってどうすればいいのか解らないんだ」

誰かに愛されたことがないというが、王も王妃も健在だし、ジョシュアには妹もいるはずだ。家族がいるのに、どうしてそんな風《ふう》に思うのだろうか。

アメリアは、幼い頃に母を亡くした。だが、自分が愛されていなかったとは思えない。人に好かれるには、どうすればいいのだろうか。少し考えて、アメリアは答える。

「どうすれば相手のためになるか、考えればいいだけ。簡単でしょう」

誰しも自分を想ってくれる相手を無下《むげ》にはしないだろう。そう考えたのだ。

「いらぬお世話って言葉を知っているかい」

だが笑顔を浮かべたジョシュアから、辛辣《しんらつ》な言葉が返されてしまう。

「なんでも手を貸せばいいというものじゃないわ。本当に相手が困っているときにこそ、助けてあげるのよ」

人は甘やかされると、それを当然と思い込む。そして手を貸さなくなったときに、冷たい人間だと恨《うら》むこともあるのだ。人は自分の足で歩かねばならない。転びそうになったときにこそ、手を差し伸べてこそ、そのありがたさを知るのだと思えた。

「よく解らないな」

ジョシュアは理解できないとばかりに、眉根を寄せてみせる。

「ちゃんと考えてみれば解るわ。きっと」

年上なのに、なんだか彼は駄々《だだ》っ子のようだ。なんでもすぐに頭を傾《かし》げる妹のティーナを思い出し、つい笑みが零《こぼ》れる。

ジョシュアはすっかり冷めてしまったタンポポコーヒーを啜《すす》ると、いいことを思いついたという表情を浮かべ、アメリアに言った。

「そうだ。アメリア」

「どうしたの？」

尋ね返すと、カップをソーサーに戻したジョシュアが、信じられない提案をしてくる。

「僕と結婚してよ。愛し方が解るようになれば、きっと人に裏切られることもなくなるだろうし」

「……」

思わずアメリアは言葉を失ってしまう。今、彼は確かにプロポーズをしたのに、まるで一緒に買い物に行ってほしいと頼むような気軽さだった。

「だめかな」

宝石のようなアメシスト色の瞳が、じっとアメリアを見つめていた。その美しい瞳に魅入られ、つい頷いてしまいそうになってしまう。

「そ……、そんなの無理に決まっている」

ふいっと顔を逸《そ》らし、アメリアはジョシュアからの申し出を拒絶した。

「どうして？」

不機嫌になったジョシュアの声音《こわね》が途端に低くなる。

「まだ、結婚をするような年じゃないし……」

アメリアは誰かに恋をしたこともないのに、結婚なんて考えられなかった。気恥ずかしくて居たたまれなくて、目を泳がせてしまう。

するとと、神妙な声でジョシュアが尋ねる。

「アメリアはいくつ？」

正直に答えると、「ふぅん」と呟いて彼は頷く。

「一つ年下か、でも法的には問題ないよね。……僕、好きな相手には、きっと尽くすタイプだから、いろいろと満足できると思うよ」

『きっと』というのは仮定の話なのではないのだろうか。それに、いったいなにを満足させるというのか。

彼の誘いは不安しか生まない。こんなプロポーズは受けられるわけがなかった。

「王子様に尽くしてもらわなくて結構よ。それにまだ結婚するつもりはないわ」

妹のティーナはまだ幼い。使用人も多くいるため、アメリアがいなくても、充分世話はできるのだが、できるならあと数年は側にいてやりたかった。

「仕方ないな。少しの間だけ待ってあげるよ」

ジョシュアは深く溜息を吐く。それにしても、『少しの間』とはどういう意味なのだろうか。まるで結婚を諦めていないみたいに聞こえる。

「代わりに、毎日城に来てよ。……ああ、拒否権はないからね。約束だよ」

一方的にそう宣言すると、ジョシュアはアップルパイのお代わりを申し出た。サーヴして差し出すと、美味《おい》しそうにパイを頬張り、次はペパーミントティーを淹れて欲しいと、アメリアに強請《ねだ》ったのだった。

＊＊　＊＊　＊＊

王城の中庭に咲いた色とりどりの薔薇を見つめながら、これをたっぷりの蜂蜜と砂糖で煮てコンフィチュールにすれば、きっと素敵なアフタヌーンティーができる――。

そんなことを考え始めてしまったのは、きっと現実逃避だったに違いない。

美しい薔薇を見つめながらも、つい溜息が出る。

「どうして、私はこんなところにいるのかしら……」

アメリアは社交界デビューもしていない身だというのに、ジョシュアが邸に来た翌日、本当にエーレンフェル城へと足を運ぶ羽目《はめ》になっていた。

『断ってもいいんだよ。……君の父上がどんな目に遭《あ》っても僕は知らないけど』

彼が邸を去る直前に言い残した、脅《おど》しにしか聞こえない念押しが、脳裏《のうり》を過《よ》ぎる。

アメリアの記憶では、彼女は反逆者に狙われて怪我をした王子を助けた恩人のはずだ。

それなのに、どうして脅されなければならないのだろうか。

王子だと気づかず、失礼な態度を取ってしまったことが問題ならば、早く身分を明かしてくれればよかったのだ。

そうすれば、アメリアだって平身低頭《へいしんていとう》謝罪していたに違いないのに。

いくら溜息を吐いても時間は戻せない。そうして不安な気持ちで待っていると、ついにジョシュアが姿を現した。

「ごめんね。待たせて。昨日のアップルパイのお礼に、今日は僕が自分でお菓子を焼いていたんだ」

中庭にある東屋に連れられて行くと、そこにはラム&レーズンのメレンゲパイや、バタースコッチ・シフォン・パイやアイスボックスクッキーなどが並べられていた。

「本当に、これを自分で？」

お菓子はまったく崩《くず》れてはいないし、とても美味しそうだ。まるで職人が作ったような出来映えだ。

「料理長が用意したレシピ通りにしただけだから、味の保証はできないけどね。君の好みに合うか解らないけど、食べてみて」

ジョシュアはアメリアを椅子《いす》に座らせると、ぎこちない手つきで紅茶を淹れてくれる。

差し出された紅茶を一口啜《すす》ると、少し苦みが出てしまっているようだが、ふくよかで香り高い。

「おいしいわ」

王子の立場では、紅茶など淹れたことはないのだろう。

一生懸命なもてなしを嬉しく思いながら、アメリアがそう言うと、ジョシュアが色気を帯びた眼差しを向けてくる。

「僕と結婚したくなった？」

男性に意味ありげに見られたことのないアメリアは、心臓を跳《は》ねさせてしまう。

動揺しているのをジョシュアに気取《けど》られたくなくて、アメリアは肩をすくめてみせた。

「さあ？　お菓子を食べてみないと解らないわ。あまり不味《まず》いと幻滅《げんめつ》してしまうかも」

アメリアが冗談でそう言うと、ジョシュアは俯《うつむ》いてしまい、お菓子の皿を侍女《じじょ》に下げさせようとしてしまう。

「え？　どうして下げてしまうの？　せっかく作ってくれたのに」

首を傾《かし》げながら尋ねると、拗《す》ねた顔つきでジョシュアが答える。

「これを食べなければ、幻滅される心配がないからだよ」

「さっきのは冗談よ、どんな味でもあなたに幻滅なんてしないわ」

ジョシュアは年上なのに、なんだか自分より年下みたいに思えてならなかった。

しかし、弟みたいだなんてアメリアが言えば、きっと彼は怒りだしてしまうに違いない。

侍女に頼んでラム&レーズンのメレンゲパイを取り分けてもらうと、ラムの風味が利いたふんわりとしたメレンゲが口の中で溶け出し、サクサクのクラストと良く合っている。

少し混じっているレーズンが、アクセントになっていて、とても美味しい。

「凄《すご》いわ。あなたが作ったなんて信じられないくらい」

思わずアメリアは感嘆《かんたん》の声を上げる。

「惚《ほ》れ直した?」

嬉しそうにジョシュアが尋ねるのを、アメリアは苦笑いして見つめてしまう。

彼に恋をしたわけでもないのに、その言葉はおかしいだろう。

「すごく見直したわ。本当にありがとう」

アメリアの言葉を聞いたジョシュアは途端に、難しい顔になった。

「見直したってことは、恋愛対象どころか軽蔑《けいべつ》されていたってことにならないか」

「そんなことはないけど……」

軽蔑はしていないが、恋愛対象として見ているかと聞かれれば、『解らない』としか答えようがない。アメリアは誰かに恋をしたことがなかったからだ。

「なんだか、はっきりしないな。僕のことが好きなのか? それとも嫌いなのか」

アメリアは取り立てて嫌いな相手などいなかった。父のことも妹のことも大好きだったし、自分たちに尽くしてくれている使用人たちにも感謝している。

父が晩餐会《ばんさんかい》に呼ぶ貴族たちの自慢話には辟易《へきえき》としていたが、もう慣れてしまった。嫌いだと思うほどではない。

「どちらかというと、好き……だけど……」

躊躇《ためら》いがちに答えると、ジョシュアが食ってかかってくる。

「どれぐらい？」

「あなたとお友達になれたら嬉しいわ」

この国の王子相手に、失礼かと思いつつもアメリアは正直に答える。

「君と友達なんて真っ平だね」

「……そう。残念ね」

アメリアに純粋な気持ちを伝えたつもりだ。偽《いつわ》りのない想いを告げた言葉なのに、ジョシュアはどんどん機嫌が悪くなっていく。

ここら辺でもうお茶会をやめて、アメリアは去ったほうがいいのではないだろうか。

彼とは仲良くなりたいと思っていたが、本人に嫌がられたのでは、仕方がない。

気まずい思いでアメリアが、紅茶の注がれた白磁《はくじ》のカップの持ち手を弄《もてあそ》んでいると、ジョシュアがいきなり、肩を摑《つか》んできた。

「どうしたの⁉」

アメリアは目を瞠った。すると、唇が触れそうなほどジョシュアは顔を近づけてくる。

「ねぇ。僕が君にプロポーズしたのをもう忘れたの？　友達になるなんて冗談じゃない。僕が望んでいるのは、君の夫だ。……それが解らないなら、無理やりキスしてでも教えてあげるけど？」

アメシストの瞳が、じっとアメリアを見つめていた。その美しさに魅入《みい》られ、思わず惚けてしまっていた彼女は、慌ててジョシュアの胸を押して彼を引き剝《は》がす。

「ご、強引な真似をしたら、嫌いになるからっ」

「ねぇ。気持ちよくしても、だめ？」

嘲《あざけ》るような笑みを向けられ、かっと頰が熱くなる。

「だめに決まっているわ」

「後悔させないのにな」

ジョシュアはクスクスと笑いだす。どうやら彼にからかわれていたらしい。

「お願いだから、冗談はやめて。変なことばっかり言うなら、あなたを軽蔑するから」

こういった戯《たわむ》れに慣れていないのだ。このままでは落ち着かなくて、どうしていいか解らなくて、この国の王子相手だというのに怒鳴りつけてしまいそうだった。

アメリアが眉根を寄せながら訴《うった》えると、彼は肩をすくめてみせる。

「本気で口説《くど》いているのに、ひどい言われようだな」

ひどいのは、ジョシュアのほうだ。本気でアメリアのことが好きなら、脅して王城に来させるような真似をするはずがない。それに相手の嫌がっていることを執拗《しつよう》に繰り返さないだろう。仲睦《なかむつ》まじかった父母の関係を思い出せば、そうとしか考えられなかった。

「もう……」

ムッとしながら、アメリアが唇を尖らせたとき――。

ジョシュアの側近らしき人物が、伝言を携《たずさ》えてやってきた。

「殿下」

途端に真摯《しんし》な面持《おもも》ちに変わったジョシュアが、東屋《あずまや》から離れ側近と話し出す。すると、微《かす》かに内容が聞こえてくる。

「……父上が？　そうか」

どうやら国王が彼を呼んでいるらしい。お茶会はもうおしまいだ。

アメリアは早くここから帰りたいと願っていたはずなのに、なんだか物寂しい気分になってしまう。

「ごめんね。せっかくアメリアに来てもらったのに、もう行かないと。他の相手なら無視するんだけど、父上は後がうるさいんだ」

心から名残惜しそうにジョシュアが告げる。

「あの……」

いつもならこんなことは言わないのだが、アメリアはつい申し出てしまう。

「……少し、お菓子を分けてもらってもいい？　せっかくあなたに作っていただいたのだから、ちゃんと味わって食べたいの」

ジョシュアは意外そうに目を丸くするが、すぐに破顔した。

「そんな風に考えてもらえて嬉しいよ。少し待っていて」

アメリアのお願いを聞いて、ジョシュアは菓子を持ち帰れるように用意してくれたのだが、テーブルにあったお菓子を侍女に頼んで全部籠《かご》に入れてしまった。

こんなに大量のお菓子を渡されても、食べきれない。何日分もの食事になってしまう。

しかも、ジョシュアが慣れない手でわざわざ作ってくれたのだ。残せるはずがない。

「太ってしまいそうね……」

複雑な心境でアメリアが呟く。

「気になるなら、運動に付き合ってあげるけど？　もちろん寝室でね」

さらにからかおうとするジョシュアを前に、アメリアはツンと顔を逸らした。

「結構よ。……今日はあなたに会えて嬉《うれ》しかったわ。機会があったらまたお話しして？」

ジョシュアはこの王子だ。伯爵令嬢で、もうすぐ社交界デビューを控えているとはいえ、アメリアには遠い人だ。

王子のもとには公爵家や公爵家などの高い身分の令嬢が集まっている。もうふたりきりで話す機会はないかもしれない。

そう思いながら、アメリアがドレスの裾を持って礼をしようとすると、いきなり彼女の腰が抱き寄せられる。

「君って人は……。本当に、僕の望まないことばかりを口にする、そのかわいい唇を無理やり塞《ふさ》いでやりたくなるな。……もちろん、それ以上のこともだけど」

苛立《いらだ》った彼の声にアメリアの身体がビクリと引き攣《つ》り、彼女は狼狽《ろうばい》しながら顔を上げた。

すると、ラズベリッシュブラウンの赤い髪と、いつもの彼とは別人のような残虐《ざんぎゃく》な双眸《そうぼう》が、彼女の瞳に映る。

「やっ……ジョシュア、どうしたの？　苦しいわ。放して！」

恐ろしさからアメリアは声を上げるが、ジョシュアの腕の力は緩まない。

「誰が今日だけ来ればいいって言った？　君は毎日僕に会いに来るんだよ。それが嫌なら外国にでも逃げてみるんだね。……それでも僕は必ず君を捕まえてみせるけど」

「え……？　毎日だなんて、冗談でしょう」

呆然《ぼうぜん》と呟くが、ジョシュアは当然とばかりに言い返してくる。

「本気だけど？　だって、僕が君に会いたいんだから、しょうがないよね。もちろん、君に拒否権なんてないよ」

「……そんな……」

昨日同様に脅されては、返す言葉もない。彼に睨《にら》まれては、父に迷惑がかかってしまうのだから。そうしてアメリアがエーレンフェル城に通う日々が始まった。

＊＊　＊＊　＊＊

傲慢《ごうまん》な要求とは裏腹に、ジョシュアは驚くほど有能で隙《すき》のない王子だった。

王に代わっての政務、近衛兵たちの指揮《しき》、貴族たちの統治、ひいては農民の税についての配慮。その上、王城で行われる舞踏会ですら、彼にとっては政治の駒《こま》のひとつでしかない。

従者に裏切られて、怪我を負ったせいで、彼は細部の人間関係まで見通すようになったのだと、側近のひとりが教えてくれた。

その間も、アメリアは毎日ジョシュアの執務室に通うことを強要され続け、彼が政治的采配《さいはい》を揮《ふる》う姿を見つめる羽目になっていた。

「どうして、私はここに呼ばれているのかしら……」

執務室を見渡し、アメリアは溜息を吐く。

稀少な上製本がいくつも並ぶ書斎が隣にあり、この部屋の中には美しい木目の重厚な執務机や、ビューローブックケース、飾り棚などが置かれていた。

金糸銀糸をふんだんに使った細微《さいび》で美しい薔薇の刺繍《ししゅう》がされた、豪奢《ごうしゃ》な布張りの椅子に座り、ジョシュアは執務に勤《いそ》しんでいる。

アメリアは場違いな気がしてならない。

ここに通っていては、勉強ができないとジョシュアに訴えてみたこともあった。そう言えばこの半軟禁《なんきん》のような生活は終わらせてもらえるのではないかと考えたからだ。しかし、アメリアの考えは浅はかだった。

ジョシュアは自分が学んでいる高名な教授に、アメリアの勉強も教えるようにと命じてしまったのだ。その上、気づけば彼の手伝いをする羽目にまでなってしまう。

初めは彼が政務をしている間、アメリアはおとなしくソファーに座っていた。だが、多忙を極める彼をアメリアが見ていられなくなったのだ。

「なにか私にできることがあったら言って？」

母が早くに亡くなってから、ずっと邸の細々《こまごま》したことを手伝ってきたアメリアは、思わぬところで、政務の雑用にも役に立つ人間だということが判明した。すると、ジョシュアは喜んで、次々に彼女に仕事を頼み始めた。

「これも、ああ、これも頼むよ。……急いでいるから今日中にね」

そうして、アメリアは単なる伯爵令嬢の身でしかなかったのに、ジョシュアと同じように多忙を極めていくことになった。日が沈んでから邸に帰宅することが多くなり、ふと気がつけば、遅くなり過ぎて泊まる日が増え、いつしか彼女は、王城に専用の部屋まで与えられるようになってしまっていた。

——そうしたある日。

ジョシュアから与えられている、ゲストルームの天蓋《てんがい》ベッドに横たわったまま、アメリアはまだ重い瞼《まぶた》を擦《こす》った。

結局、昨日もこの王城に泊まってしまったのだ。小さく嘆息してから、顔を洗いに行くと、急いでドレスに着替え始める。

もうすぐ侍女が訪れる時間だ。急がなくては、着替えを手伝われてしまうのだ。

侍女たちは、『アメリア様の手を煩《わずら》わせるわけにはいかない』と口を揃《そろ》える。だが彼女はジョシュアに脅されて滞在しているだけで、客人でもなければ、王族の人間でもないのだ。

アメリアは貴族でありながらも、亡き母が市井の娘だったせいか、なんでも自分の手でこなしてきた。だから彼女は、人に手を貸されることに慣れない。

そうして今日もひとりで着替えが終わった。

時計を見ると、まだ朝食の時間には早い。

窓の外を見ると、清々《すがすが》しいほどの青空だ。その天気に釣られたアメリアは、ひとりで中庭を散歩することにした。

「いい天気」

空は抜けるように青く、咲き乱れた大輪の薔薇は目を奪われるほど優美だ。

日差しの温かさが気持ちいい。王城の中は、人も空気もどんよりと澱《よど》んでいる気がして苦手だ。もっとカーテンを開け放ち、空気を入れ換えればいいのに。それに、厳しい表情や引き攣った愛想笑いばかりするのはやめて、心から感情を露《あらわ》にすればいいのに。そう思えてならなかった。

あれでは、生まれたときから王城にいるジョシュアが、人の愛や感情を訝《いぶか》しむ性格なのも当然に思えた。アメリアは、彼にもっと、窓の外はこんなにも目映《まばゆ》く素晴らしいものだと、知って欲しかった。

ゆっくりとした歩みでアメリアは中庭の散策を終えた。そのとき薔薇の壁を背にする場所に置かれたベンチを見つけて腰かける。すると、暖かさからつい欠伸《あくび》が出る。

今朝は早い時間に目覚めることができた。だが、昨晩は勉強に熱中してしまい、遅くにベッドに入ったのだ。どうやら、まだ身体は眠り足りないらしい。

「……少しだけ……」

重い瞼を、朝の日差しに誘惑されるまま閉じると、睡魔《すいま》はすぐにやってくる。

そうしてアメリアは、ふわふわとした眠りに身を任せた。

＊＊　＊＊　＊＊

「ん……ぅっ」

ひとときの間ベンチに腰かけたまま、眠りに身を任せていたアメリアは、腕を拡《ひろ》げて伸びをする。

気がつけば、日は高い位置にまで昇《のぼ》ってしまっている。とてもお腹が空《す》いていた。

うっかり朝食の時間を過ぎてしまっているらしい。

「ふう……、眠り過ぎてしまったわ」

きっと、いつまでもアメリアが執務室に現れないことを、ジョシュアが怒っているに違いない。時間を持て余しているつもりで、つい油断して迂闊《うかつ》な真似をしてしまった。後悔からアメリアは深く息を吐く。

――そのとき、ふと自分の身体《からだ》に、男性用の上着がかけられていることに気づいた。

「……?」

小首を傾《かし》げて、じっと上着を見つめていると、いきなり声がかけられる。

「信じられない。……お前は正気なのか」

寝起きでボンヤリしていたせいで、ベンチに人が腰かけていることに気づかなかったアメリアは目を瞠《みは》る。

「え……っ⁉」

慌てて顔を向けると、そこには真っ赤な顔をしたロブ・ディセットがいた。シャツにトラウザーズ姿でジャケットを羽織《はお》っていない。どうやら、かけられていた上着はロブのものだったらしい。

彼も伯爵家の子息だ。お互いの家の別荘地が近くにあるため、アメリアとは幼い頃から顔見知りなのだ。ディセット家の領地の港では、貿易商を営んでいる。王家にも御用窺《うかが》いをしているため、頻繁《ひんぱん》に王城に出入りしているという噂を聞いたことがあった。朝早くから彼がここにいるということは、どうやらそれは本当だったらしい。

「これ、私にかけてくれたのは、ロブだったの？　どうもありがとう」

礼を言いながら上質な手触りのジャケットを手渡すと、ロブは小さく頷いた。

「アメリア。なぜこんなところにいるんだ？　廊下で偶然見かけたときは、あまりの愚《おろ》かさに息が止まるかと思ったぞ」

ロブが大げさな物言いで、アメリアに尋ねてくる。

「……王城で手伝いをすることになったのよ……。早く目覚めて散歩していたら、つい眠くなってしまって……」

まさか王子に脅されて、ここに通わされているなんて言えるわけがない。嘘《うそ》にはならない程度にそう説明すると、なぜかロブが追及してきた。

「手伝いだって？　誰のところでなにをしているんだ？　もしやとは思うが、……この王城に泊まっているんじゃないだろうな」

彼に強い力で腕が摑《つか》まれて、顔が近づけられる。怖いぐらいの真摯《しんし》な表情だ。

「ロブ！　顔が近いわ。やめてっ」

アメリアが怯えた表情で訴えると、彼はぱっと腕を放して、真っ赤になってしまう。

「わ、悪いっ」

モゴモゴと口籠《ご》もりながら謝罪する姿は、いつものロブだった。頼りないところも多いが彼は、普段は優しい人物だった。

声を荒らげたのは、きっとアメリアを心配してくれたからなのだろう。

「私がしているのは、殿下の手伝いよ」

ロブに仕方なく答えると、今度は真っ青になってしまう。

「やっぱりお前は正気じゃないな⁉」

「どうしたの？」

訝《いぶか》しく思いながら尋ねる。

「そうか。アメリアはまだ社交界デビューしていないから知らないんだな……。ジョシュア殿下はいつも舞踏会でたくさんの女性を周りに侍《はべ》らせている方だぞ。なにか間違いでも起きてしまう前に、お前は早く邸に帰ったほうがいい」

「女性を……周りに……」

アメリアは呆然《ぼうぜん》と呟く。慣れた口調で、口説き文句を言っていると思ったら、やはり彼は女好きだったらしい。きっとプロポーズも戯れだったのだ。それがいつもの手なのかもしれない。

なんだかムカムカとした気持ちが湧《わ》き上がってきて、アメリアは俯《うつむ》いてしまっていた。

「帰るぞ。……ま、まさかもう手遅れなんてことはないよな⁉」

ロブが必死に食い下がってくる。そして、アメリアの腕を掴んだ。

「王城はアメリアみたいな女がいる場所ではない。過《あやま》ちが起こる前に早く家に帰るんだ。うちの馬車で邸まで送ってやる」

「ちょ、……ちょっと、待って」

自分がジョシュアの手伝いをしなくなったら、父はどうなってしまうのだろうか？

しかし、そんなことを激高《げっこう》しているロブに言えるわけがない。彼はよけいに事を荒立ててしまうだろう。

どうしていいか解らず、アメリアがロブに引き摺《ず》られるようにして、中庭を歩き始めたとき――。

いつも王城内で彼女の身の回りを世話してくれている侍女のひとりが現れた。

「アメリア様。こちらにおいででしたか。殿下からお手伝いしていただきたい件があるので、至急執務室へお越し願うように……と言いつかっております」

笑顔を浮かべているが、拒否は許さないとばかりだ。

「悪いが、アメリアは連れて帰らせてもらうぞ。殿下にそう伝言してくれ」

ロブがアメリアの代わりに、そう言ってのける。まったく隙のない立ち姿の侍女の隣を通り抜け、ふたりはふたたび歩き出そうとした。

「ディセット家のご子息は、殿下のご意向に背《そむ》かれるおつもりだとご報告すればよろしいでしょうか」

その言葉に、足を止めたロブとアメリアが振り返る。するとそこには、まるでビスクドールのように硬質な侍女の笑顔があった。

「……っ」

ツッと背中に冷たいものが走る。

王子の意向を背くということは、王家に、ひいては王に背くも同意だ。

アメリアの家族だけではなく、心配してくれているロブの家にまで迷惑をかけてしまう。

「私は、殿下の手伝いに行くから、ロブは自分の用事を済ませてちょうだい。……私が殿下の取り巻きのひとりになるなんて、あるわけがないから心配しないで？」

「だが……」

「本当に大丈夫よ」

ロブは訝しげにアメリアと侍女を見つめていたが、仕方がなさそうに溜息を吐く。

「もしも危険な目に遭《あ》いそうになったら、家名のことなど考えずにちゃんと逃げるんだ。俺と約束してくれ」

彼の言うように、ジョシュアはアメリアに危害を加えようとしたことはない。それなのに、今はひどく嫌な予感が胸の奥から込み上げていた。

＊＊　＊＊　＊＊

アメリアは心配してくれているロブを置いたまま、王城の三階の西棟にあるジョシュアの執務室に急いで向かった。長い廊下にはいくつもの部屋の扉が並んでいて、そのいちばん奥がジョシュアの執務室になっている。

そうしてようやく執務室に辿《たど》り着き、呼吸を整える暇もなくアメリアが扉をノックすると、静かな声が返される。

「どうぞ」

アメリアが扉を開けると、ジョシュアは物憂《ものう》げな表情を浮かべて、窓辺にある、大人の男が横になっても余るほどの長い出窓にゆったりと腰かけていた。手には何枚もの書類があり、彼はそれを眺めている。

つい溜息が出るほど色気のある彼の表情に、アメリアは惚けたように魅入ってしまう。そんな自分に気づき、恥ずかしくなって慌てて目を逸らした。

彼女はジョシュアの手伝いをしている途中でも、こうして目で追ってしまうことが度々あった。そのときはいつも鼓動《こどう》が早くなってしまって、いつもアメリアは落ち着かない気分になってくるのだ。

誰かに対して、こんな風な感情を抱くの初めてで、どうしていいか解らない。

もしかしたら、王城にいることの緊張感から、どこか身体を壊してしまったのかもしれない。

アメリアはそんな心配すら抱いていた。

「ごめんなさい。遅くなってしまって」

アメリアが謝罪すると、ジョシュアが顔を上げる。

「ああ、忙しいところを呼び出して悪かったね」

「……別に忙しくなんて……」

用事をしていたわけではない。執務室に来る時間が遅れたのは、温かい日差しに釣られて、うっかり中庭で眠り込んでしまったからだ。それは淑女《しゅくじょ》にあるまじき振る舞いだ。

王城の中の伝達は驚くほど早い。ジョシュアもそのことをすでに耳にしているはずだ。

つまり彼は、遅れたアメリアに嫌味を言っていることになる。

どうせならいっそ、王子である彼に恥をかかせるな……と怒ってくれればいいのに。アメリアはそう思った。だがジョシュアは、不機嫌な空気を醸《かも》し出しているだけでまったくアメリアを咎《とが》めようとはしない。

「そう？　……ならばよかった。君は朝食を済ませてないだろう？　用意させたから食べるといい」

執務室にある応接セットのテーブルには、ひとり分の朝食が置かれていた。

「私に急ぎの用があると聞いたのよ？」

執務をしている脇で食事をしていては邪魔になるのではないだろうか。それなら急かして呼びつけず、自分にあてがわれた部屋で食べたほうがいいのではないだろうか。そんな疑問が湧き上がる。

「そうだよ？　早くしないと、料理が冷めてしまう」

アメリアは慌ててここまでやって来たのだ。それなのにジョシュアが至急で呼び出した理由が、朝食のためだったとは拍子《ひょうし》抜けだ。だが、せっかくの好意を無下《むげ》にするわけにはいかない。

せっかく彼が、アメリアのために朝食を用意させてくれたのだから。

「ありがとう。せっかくだから、ここでいただくわ。ところでジョシュアはもう朝食を召し上がったの？」

「いや。今日は食欲がなくてね」

そう呟くジョシュアは確かに顔色が悪い。

「大丈夫？　風邪《かぜ》でも引いたのかしら」

彼に近づき、さらさらとした赤毛を払って、自分の手を押し当てる。

「熱はないみたいだけど……。心配ね。もしかしたら風邪を引きかけているのかも。身体を温めたほうがいいから、カモマイルのホットミルクを淹れてあげる。甘い蜂蜜をたっぷりいれてね」

カモマイルはキク科の花のハーブで、風邪の初期症状に効《き》き、リラックス効果もある。

辛《つら》そうな様子をしているジョシュアにはぴったりだろう。

「僕を子供扱いしないでくれないかな。風邪じゃないよ」

アメリアに対して苦笑いを返したジョシュアが続けた。

「……実は悩みがあるんだ。また君に頼んで申し訳ないんだけど助けてくれないかな？」

どうやらジョシュアは食欲がなくなるほど辛いことがあったらしい。

「いいわよ。私はなにをすればいいの」

彼を心配したアメリアは安易に頷く。そうして、朝食を摂《と》りながら、彼の話を聞くことになった。

いくらジョシュアが、食欲がないと言っても、食事を抜くのは身体に悪い。少しだけでも……と、アメリアが食事を勧めると、彼もソファーに着いた。しかしなぜかジョシュアは、アメリアに身体に密着するぐらい寄り添ってくる。

「……ちょっと、か、顔が近いわよ。ジョシュア」

席に着いたものの、なにも食べようとはしないジョシュアのために、アメリアは千切《ちぎ》ったロールパンにバターを塗っていた。だが、あまりの近さに狼狽《ろうばい》してしまう。

「さっきの男も君にこうして顔を近づけていたよね。いったいなにを話してたんだ？」

　確かにロブとベンチに座っていたが、こんなにも近くはなかった。

「なにをって……」

　なぜ見てきたかのように話しているのだと驚き、アメリアは目を瞠《みは》った。だが、よく考えると、中庭はこの執務室の窓から見通せるのだ。

　きっとジョシュアは、そこから、アメリアたちの姿を見ていたに違いない。

「昔なじみが、私を見つけて話しかけてきただけよ」

「なんて言って君に近づいたんだ？」

　ジョシュアはますます顔を近づけてくる。すると、彼が身に纏《まと》うフレグランスが、鼻腔を擽《くすぐ》って、アメリアは胸を高鳴らせてしまう。

　――これ以上は近づかないでほしかった。

　ロブの話では、ジョシュアはいろいろな女性に甘い顔をしているらしい。いつも父が、そんな男には気をつけろと、幼い頃からアメリアに注意していた。そんな不誠実な男に、胸を掻き乱されたくない。

　アメリアはバターをたっぷりとつけたロールパンをジョシュアの口に強引に放り込む。

「んぅ……っ」

突然の行為に、彼は批難《ひなん》めいた眼差しを向けてくる。

「いつも女性を侍《はべ》らせているあなたの側《そば》に、私がいることを心配してくれたのよ。……だから彼には、殿下の取り巻きの一員にはなるつもりは絶対にないから、安心してって伝えたわ」

思い出したくない話だったのに、蒸《む》し返されるとは思わなかった。アメリアは深く溜息を吐き、努めて冷静を装いながら言い返す。そしてすっかり温《ぬる》くなったコンソメスープを、スプーンに掬《すく》って自分の口に運ぶ。

自分には関係がない話だという意思表示のつもりだ。手に持った銀のスプーンが小刻みに震えているが、けっして動揺などしていないと自分に言い聞かせる。

「真実でもない話を、さも本当のことだとばかりに言わないでほしいな。……君にそう伝えた相手を、罰したくなるよ」

突然、部屋の温度が低くなった気がした。アメリアはゾクリとした寒気を覚える。

「本当のことを言われたからって、怒らないで」

アメリアは慌てて反論した。彼は王子だ。地位も身分もあり、容姿も美しい。頭も冴えている。政務は驚くようなスピードでこなしているし、なにごとも私的感情を持ち込まない、いつも判断も冷静だ。次期国王に相応《ふさわ》しい人物であるのは明白だ。そんな彼を、玉の輿《こし》を狙う貴族の令嬢たちが放っておくはずがない。

きっとロブの言っていた話は、本当なのだろう。ロブはアメリアを心配してくれただけだ。

それなのに罰するなんて酷《ひど》すぎる。

「僕は別に好きで女性を侍らしているわけじゃない。勝手に周りに近づいて、素っ気なくしても離れてくれないだけだ。さっき君に馴《な》れ馴れしくまとわりついていた男も、舞踏会で擦《す》り寄ってくる女も、夏に湧く蚊《か》もみんな同じだ」

あまりの言いように、アメリアは唖然《あぜん》としてしまう。

「なにを言っているの」

「君は僕とは違うっていうのか？　あんな男に近づかれて、喜んでいたとでも？」

ジョシュアは次第に怒気を強めていく。機嫌が悪いところに、火に油を注ぐ真似をしてしまったらしい。

「ロブが好きなのは、私じゃなくて妹のティーナよ。昔からいつも、いくら咎《とが》めても、彼はティーナにお菓子を渡して気を惹《ひ》こうとしていたから、間違いないわ」

そう説明すると、ジョシュアはますます怒りを露《あらわ》にしてくる。

「君に近づきたいからに決まっている。あんな幼い子に大の男が惚《ほ》れるわけがない」

確かにロブはアメリアよりもふたつ年上で、ティーナとは五歳も離れている。だが、昔からロブは嬉しそうにティーナにお菓子を渡していた。

アメリアに近づくためなら、最初から話しかけてくるのが普通だ。ジョシュアはロブを疑い過ぎている。

「話にならないわ。そんなことよりも、私に手伝って欲しいことってなにかしら？　くだらないことで言い争いをするより、今はあなたの悩みを解消しましょう」

ジョシュアはまだ言いたいことがありそうな様子だったが、アメリアは早々に話を切り上げた。彼は苛立っているから、つまらないことに目くじらを立てるのだ。

早く問題を解決すれば、彼の機嫌もよくなるだろうと、アメリアは考えた。

「ああ。そうだね。……今から君にして欲しいのは、簡単に言うと僕の手伝いだ」

それはいつもしていることだ。今さら、お願いされる必要はない気がする。

「なにを手伝えばいいの？」

「君は黙って座っていてくれればいい。……おとなしくしていれば、すぐに終わるから」

含みのある言い方でジョシュアはそう告げると、アメリアをじっと見つめてくる。

その視線の強さが、どこか居心地が悪かった。なんだかドレスの中まで、すべて見通されてしまっているような気がしたからだ。

もしや絵でも描くつもりなのだろうか……。そう訝しく思いながらもアメリアは頷く。

「え、ええ。……解ったわ」

先ほどまで物憂《ものう》げだったジョシュアの表情がぱっと華やぐ。

「君が了解してくれて嬉しいよ。どうしようもなくてね。困っていたんだ」

ジョシュアを困らせるなんて、いったいどんなことなのだろうか。

　アメリアは、ここしばらく毎日王城で手伝いをしていたが、なんでも簡単にこなしてしまう彼が、困っている姿などいちども見たことがなかった。

「不安そうだね」

　顔を曇《くも》らせているアメリアに、ジョシュアは笑みを向ける。

　アメリアはまだなにもしていない。ジョシュアの悩みはまだなにも解決していないはずなのに、もう彼の機嫌は直ってしまったらしい。

「当たり前よ。なにをするのか解らないままでいるのは不安だわ」

「僕が座っているだけでいいと説明したのに？」

「どうしてそうしているだけで、あなたの手伝いになるの？」

　言及を続けるアメリアに、降参とばかりにジョシュアは手を挙げてみせた。

「解った。説明すれば納得するんだね。実は、ある教授から迫られていて困っていたんだ。僕は教えを乞《こ》う身だから、無下にもできないし。他に代わりを見つけたと言えば、諦《あきら》めてくれるだろう」

　王族や貴族の多くは、学校へは通わず家庭教師や教授を城や邸に呼び寄せ、勉学をするものなのだ。だが、その教授がジョシュアに関係を結ばせようとしているらしい。

　考えてもみなかった事態に、アメリアは返す言葉もない。

「君は僕がその勉強をする間、座っていればいいだけだ。あとは僕がうまくやるから」

しかし教授でもないアメリアを前にしていても、なにも知識が身につかないのではないだろうか。その教授を解雇し、新しい人を見つければいい話だ。

「でも……」

そのことを告げようとするが言葉が遮られる。

「君は僕が襲《おそ》われてもいいって言うのか」

生々《なまなま》しい言葉をジョシュアに告げられ、アメリアは真っ赤になってしまう。

「解ったから、そんなことを大声で言わないで」

力の強い男性であり、権威のある王子の身なのだから、女性に迫られたぐらいで怯《ひる》まずに対処すればいいのに。そう思えてくる。

だが、ジョシュアはこの事態を穏便に済ませ、新しい教授を呼ぼうとしているのだと、アメリアは自分を納得させた。

第二章　謀略に心乱されて

朝食の後、アメリアはジョシュアの命令でソファーに座っていた。彼のほうへと顔を向けると、なにか真剣な顔つきで側近のひとりと話し合っている。かなりの時間を、こうして待っているのだが、件《くだん》の女教授はまだ訪れないらしい。

アメリアはなにを学ぶかすらも知らない。そんな相手が代わりをすると聞いたら、教授は気を悪くするのではないだろうか。そんな不安が拭《ぬぐ》えないでいた。

——そうして、しばらくすると執務室の扉がノックされる。

「どうぞ」

やる気のない緩慢《かんまん》な口調でジョシュアが答えた。ついに女教授がやってきたのかと、アメリアは緊張から身体《からだ》を強張《こわば》らせる。

精緻《せいち》な日輪《にちりん》模様とスイカズラ模様が彫刻された重厚な扉がゆっくりと開く。すると、波打つブロンドの肉感的な美女が姿を現した。彼女は豊かな胸の谷間を強調したデザインの深紅《しんく》のドレスを身に纏《まと》っているのだが、それがよく似合っている。目を瞠《みは》るほど、妖艶《ようえん》な女性だ。

彼女はジョシュアに対して、艶然《えんぜん》とした微笑《ほほえ》みを向けていた。アメリアはどうしていいか解《わか》らず、ただ彼女とジョシュアを見比べるしかない。

すると、ジョシュアの側近が扉のほうへと出向き、彼女となにかを言い争い始めた。

いきなりブロンドの女性が、ソファー座っているアメリアに対し、悪魔のような形相《ぎょうそう》で睨《にら》みつけてくる。

だが結局は、側近に連れ添われて執務室を去って行った。

「やっぱり……失礼だったんじゃないかしら」

あんな風《ふう》に、誰かに敵意を剝《む》き出しにされたのは生まれて初めてだった。

呆然《ぼうぜん》としながらアメリアが呟《つぶや》く。すると、ジョシュアがムッとした様子で言い返した。

「君は僕がどんな目に遭《あ》ってもいいって言うのか」

先ほどの女性が、ジョシュアよりも力強いとは思えなかった。本当に拒絶したいならば、相手を退ければいいだけだ。

「大げさよ」

だがアメリアは、ジョシュアに反論しながらも、この手伝いを受けてよかったと内心考えてしまっていた。

あんなにも綺麗《きれい》な人が、ジョシュアとふたりきりで部屋に一緒にいるなんて、想像しただけで苛々《いらいら》とした嫌な気分が湧《わ》き上がってくるからだ。

「ひどいな。……ねぇ、僕は思うんだけど……」

「どうしたの？」

ジョシュアが神妙な顔つきをしているので、アメリアは首を傾《かし》げた。

「アメリアはもっと僕だけを見て、誰よりも優しくするべきだ」

それが当然とばかりにジョシュアが言い放つ。アメリアは呆《あき》れて、苦笑いしてしまう。

「もう。ジョシュアったら子供みたいなこと言って……」

誰かに自分だけ見てほしい。そして構ってほしい。優しくしてほしい。そんなのは子供の言う科白《せりふ》だ。だが、アメリアの言葉など聞こえないとばかりに、ジョシュアが続けた。

「君は少し未来の夫に対して冷たすぎるよ。そうは思わないか」

いちどは断ったプロポーズを、ふたたび持ち出され、アメリアは愕然《がくぜん》とする。

「その話は断ったはずよ……恋もしたことがないのに、結婚なんて……」

アメリアは初恋もしたことのない身で、父以外の男性と話をするのも、少し気恥ずかしい。付き合うことすら、どうしていいかも解らないのに、結婚なんて考えられなかった。

だから、アメリアはジョシュアからの言葉を受け流そうとしていた。

彼を傷つけないようにプロポーズを断る言葉を考えながら、目を泳がせていると、いきなり目の前が暗くなってしまう。

「えっ⁉」

ジョシュアがなにか布のようなもので、アメリアの目を覆《おお》ってしまったらしい。

「なにするのっ。ジョシュア、やめて！」

視界が遮《さえぎ》られると、最近では慣れた場所にいても不安で仕方がなかった。

「こんなことをされたら、前が見えないわっ」

必死に声を上げるが、ジョシュアは目を覆っている布を固く結んでしまう。

「さあ。時間もないし、そろそろ勉強を始めようか。でも見られると恥ずかしいから、こうしておくよ」

「恥ずかしい？　なにが？」

アメリアには、ジョシュアの意図が理解できなかった。だが、彼はなにも説明してくれない。

「すぐに解るよ」

そう言ってジョシュアは、次にアメリアの両手首を背面で括《くく》りつけていく。

「ど、どうして、手を縛《しば》りつけるの⁉」

アメリアは勉強の手伝いをするはずだった。こんなことをされる覚えはない。

怒気《どき》を孕《はら》んだ声で尋ねると、ジョシュアは当然とばかりに言い返す。

「暴れられたら面倒《めんどう》だからだよ」

「……え……」

つまりは、暴れるような真似をされるかもしれないということだ。アメリアは怯《ひる》んでしまい、言葉を詰《つ》まらせた。

「今日の授業は大まかに言うと、人体の仕組みについて……だったんだけど、まあ君は模型の代わりってことかな」

アメリアは父の知り合いである医者の家で、人体解剖図を見かけたことがあった。

人間の内臓の位置や形を指し示すものなのだが、恐ろしさに身体が震え上がってしまった記憶が思い出された。

「いや……っ。そんな手伝いなんてできない」

あの解剖図のようにお腹を裂かれてしまうのだろうか。そんな恐怖を覚えて、アメリアは身体を震え上がらせてしまう。

「あれ？　アメリア……震えているね。もしかして、僕に臓器でも見られると思った？」

ジョシュアは愉《たの》しそうな声で、クスクスと笑い出す。

「大好きなアメリアに傷をつけるなんて、僕がそんなことするわけないよ」

執務机の卓上にアメリアを座らせ、ジョシュアは丁寧《ていねい》に靴《くつ》を脱がせた。

そして、アメリアのスカートの上から、なにか固く細いもので秘部を押さえつけてくる。

「……っ⁉」

アメリアは身体を強張《こわば》らせた。

「万年筆のキャップは閉めているから、怯えなくても大丈夫だよ」

固く細いものの正体は万年筆だったらしい。だからといって、淫《みだ》らな場所を尖端《せんたん》で押さえられているのに、安堵《あんど》などできない。

「僕が見るのは臓器じゃなくて、この奥だよ。……ああ。もちろん切るような真似はしないよ。安心して」

戦慄《せんりつ》にアメリアの肌が総毛立つ。万年筆で押さえられているのは、アメリアが誰の目にも見せたことのない場所だ。

どうか嘘《うそ》だと言ってほしかった。

お腹を切らない、……なんて言われても安心できるわけがなかった。

コクリと息を飲む彼女の前で、ジョシュアが続けた。

「では、授業を始めようか。……アメリア先生？」

アメリアは先生ではない。こんな状況でからかうのは止《よ》してほしい。

「冗談はやめて。……私の手を解《ほど》いて！」

アメリアが激高《げっこう》して声を荒立てているのに、ジョシュアは聞こえないとばかりに、ひとり呟く。

「女の人って不思議だよね。成長すると、こんなところが大きくなって」

彼は躊躇《ためら》いもなく、アメリアの胸を摑《つか》む。

「や……っ。どこを……触って……」

いきなり女性の身体に触れるなんて失礼極まりない。だが、謝罪もせずにジョシュアは彼女の着ているドレスの紐《ひも》を解き始めた。

「……いや、……っ。やめて……、なにをするの」

露《あらわ》になっていくコルセットに焦《あせ》ったアメリアは、必死に身を捩《よじ》る。だが、その程度の抵抗で、ジョシュアの手から逃げられるわけがなかった。

「しかも、男の手で感じてしまうなんて。それに男の欲望を煽《あお》る程度には、育っていそうだ」

コルセットから覗く胸の谷間に視線を感じてアメリアは泣きたくなる。それなのに、彼が楽しげに告げてくる言葉に、かっと身体が熱を帯びた。

「ジョシュアッ。お願いだから……もうやめて。……こんなことをするために、私を騙《だま》したの？」

悲痛な声で訴《うった》える。すると、ふっと首筋に息が吹きかけられ、肌が粟立《あわだ》つ。

「んぅ……っ」

そうしてジョシュアがアメリアの首元に顔を埋めると、滑らかな肌に形のいい唇《くちびる》を押し当ててくる。

「なにも騙してないよ。今日の政務は、女の体を知るために空《あ》けられていたんだから」

思いがけない話に、アメリアは啞然《あぜん》としてしまう。

「君がいないと、手習い同然にあの女を抱かされる羽目になっていたんだ。王子になんて、なるもんじゃないね」

国の王子として、彼は貴族の令嬢や他国の姫を妻として迎えることになる。そのときに恥をかかずに済むように、女性を抱く練習をさせられる手筈《てはず》だったらしい。

「……あの人を……ジョシュアが……？」

目の前が真っ暗になっていく。先ほどの女性にジョシュアが寄り添う姿を想像しただけで、やめてほしいと声を上げそうになってしまう。

「僕は神に誓って好きな人しか抱かないつもりだ。今までも、これからも。……だから、君にこうしている」

だが、ジョシュアとアメリアは出会ったばかりなのだ。それに好かれるような真似など、なにひとつした覚えはない。

彼の告白は、戯《たわむ》れに自分を抱くための、詭弁《きべん》にしか受け取れなかった。

「……私は……いいなんて言ってないわ……」

泣きそうになりながら訴える。アメリアは了承などしていない。それに無理やり縛りつけるなんて、酷《ひど》すぎる。

「君はちゃんと頷《うなず》いただろう？　僕を助けてくれるって」

確かに、アメリアは手伝うことを受け入れた。

「こんなことをするなんて、思ってみなかったのよ」

だが、彼に女の身体を教えるためだけに、自分の無垢《むく》な身体を捧げるなんて、できるわけがない。

「どんなことでもちゃんと確認しないといけないよアメリア。『なにも知りませんでした』なんて簡単に済まそうなんて、王妃になったら、許されないんだから」

アメリアは、ジョシュアのプロポーズに対して、結婚は考えられないという気持ちを伝えたはずだ。それなのに、未来は決まっている……と、ばかりに彼は話を進めてくる。

「あなたが教えてくれなかったのよ！　そんな言い方するなんて酷《ひど》いわ」

アメリアは必死に言い返す。だがジョシュアの手は止まらない。淫《みだ》らな手つきで、身体を弄《いじ》られていく。

「そんなときは、断固として拒《こば》むべきだよ。……残念ながら、今はもう遅いけど」

遅くなどないはずだ。彼がやめればいいだけなのだから。

「ジョシュア。……いい加減《かげん》にしてっ」

だが、どれだけアメリアが声を上げても、解放する様子はない。腹部を撫《な》でられ、ゾクゾクとした震えが走る。

「ああそうだね。いい加減につまらない話はやめて、続きをしようか」

そうしてついに、前開きのコルセットのホックが外され始めた。

「話じゃなくて、こんなことはやめてと言ってるのよっ」

アメリアの訴えが、虚《むな》しく部屋に響《ひび》く。

コルセットのホックが、ジョシュアの手によってひとつ開かれるたびに、大きな胸の膨《ふく》らみが解放され始める。すると、胸の辺りの固い布地が、柔肉に食い込む。

「あ……っ」

その感触が肌に伝わって、焦燥感《しょうそうかん》が増していく。

「ホックがこんなにあるのは面倒《めんどう》だな……、コルセットをナイフで切ってもいい？」

狼狽《ろうばい》するアメリアの気も知らず、ジョシュアは辟易《へきえき》とした物言いで尋ねてくる。

「だめ……っ、手を放して」

このままでは、胸の先端が見えてしまう。長く伸ばしたホワイトブロンドを揺らしながら、アメリアは懇願《こんがん》した。

「……そうか。ゆっくり外して欲しいっていうんだね？　女の人は男に手をかけられたいものだっていうのは、本当なのか。ふうん」

誰からか耳にした話を思い出したのか、ジョシュアが納得した様子で呟《つぶや》く。手をかけられたかったわけではない。アメリアはこんなことはやめてほしいと訴えているというのに。

「……やっ、やめて……。……もう外さないで……、これ以上、外したら……、む、胸が。

……胸が……見えてしまう」

どれだけ身を捩っても、ジョシュアを止めることはできない。そうしてついに、柔らかな胸の膨らみが彼の面前にさらされる。

「やぁ……っ」

自分の上半身を覆うものがなにもなくなっていることが、空気に触れる感触で伝わってきた。代わりに感じるのは、彼の視線だ。

「み、見ないで……っ」

アメリアは背を向けようとした。しかしジョシュアに腰を掴まれ動けない。

「思っていたよりもずっと大きいね。それに……とても柔らかそう」

彼の感嘆した声が耳に届く。そして、アメリアの乳房《ちぶさ》が、ジョシュアの掌《てのひら》で包み込まれた。

そのまま彼は、指の腹で乳首の周りにある乳輪をクルクルと辿《たど》り始める。

「……だ……だめ……。そこは……」

直接、乳首の中心に触れられたわけではないのに、薄赤い突起が隆起する。

アメリアが、ビクリと身体を震わせると、ジョシュアは乳首にふっと熱い息を吹きかけた。

「嫌っ。……み、見ないで……！」

反応してしまった自分の身体が気恥ずかしくて、アメリアは悲痛な声を上げた。だが、その言葉を聞き入れず、ジョシュアが続けた。

「腰は括《くび》れていて、……お尻《しり》も薄すぎずに柔らかだな」

そう言って、彼はアメリアのウエストラインからお尻を、淫《みだ》らな手つきで撫で下ろしていった。その指が今度は徐々《じょじょ》に這《は》い上がり、胸の膨らみが掴み上げられる。

「胸は大きいし、肌はまるで絹のようにきめ細かい……。それにいい匂いがする。君がいつも飲んでいるハーブティーのせいかな」

肩胛骨《けんこうこつ》の辺《あた》りに、熱い吐息がかかる感触が伝わってくる。ジョシュアは今、アメリアの肩口に顔を近づけているのだ。そう思うと、緊張から身体に震えが走り抜けていく。

自分の肌の匂いなど解らない。でも、ジョシュアには、とてもいい匂いに感じられるらしい。

「どこか薔薇《ばら》に似た匂いがするよ。芳《かぐわ》しくて豊潤《ほうじゅん》で……、なんだか夢中になってしまう匂いだね」

熱い吐息が肌の上をゆっくりと移動していく。そして、柔らかな胸の膨らみの上で止まると、固くなった胸の突起がいきなり咥《くわ》え込まれた。

「や……っ」

ぬるりとした舌《した》先で、ぬるぬると乳首を擽《くすぐ》られると、ぶるりと身震いが走っていく。

「……ん……う……」

咽頭《いんとう》を震わせて仰《の》け反《ぞ》ったアメリアの首筋に、ジョシュアが冷たい手を伸ばしてくる。

項《うなじ》の辺りが撫でられると、まるで彼の飼い猫にでもなったように、蕩《とろ》けそうになってしまっていた。

「その上、感じやすいのか」

淫《みだ》らな身体だと言われている気がして、アメリアは咄嗟《とっさ》に反論する。

「ち、違うわ……。くすぐったいの……、だから……」

「だから、なに？」

これが証拠だとばかりに、アメリアの固くなった乳首が、ジョシュアの指で抓《つま》み上げられる。

「……ん……っ。……だ、……だから……。……ッん」

抓まれた乳首の側面が、指の腹でクリクリと擦りつけられていく。すると、全身に痺《しび》れが駆け巡り、声を上げそうになってしまう。

「……んぅ……ン、……ふ……ぁ……っ」

喉の奥で喘《あえ》ぎを押し殺すと、鼻先から熱い吐息が漏《も》れる。

「『だから、このいやらしい乳首が勃《た》ってしまった』と、素直に言えばいいのに」

アメリアのしっとりと汗ばんだ肌を吸い上げながら、ジョシュアがからかうような声で囁《ささや》く。

「そ、そんな恥ずかしいこと……、あなたに言えるわけがないでしょうっ。……も……やめて……っ」

身体を捩ると、いっそう手首を拘束する縛《いまし》めが肌に食い込む。露にされた胸を隠したいのに、覆うすべがない。ただ身を捩って、抗《あらが》うしかできなかった。

「どうして？　僕は言えるけどな。君の痴態《ちたい》に欲情したせいで、今にも勃ってしまいそうだって……。自分に正直にね」

優しく甘い声音《こわね》で卑猥《ひわい》な言葉を告げられ、アメリアの身体が竦《すく》み上がる。

「……ひっ……、……いやぁっ……」

アメリアも子供ではない。性行為の知識ぐらいは知っている。だが、実際に欲望を向けられるのと、本を読んで学んだのでは大違いだ。恐ろしくて、今すぐ逃げだしたくなる。だが、縛られている状況では、それもできない。

「そんなに怯えなくてもいいよ。まだ君の準備が終わってないから、抱けない。……それより、ほら、もっと舐《な》めさせてよ」

ガタガタと震える身体が引き寄せられ、アメリアの固く勃った乳首が、ジョシュアの生温かく濡れた口腔《こうこう》に包み込まれる。

「あ……っ」

彼の熱い舌で扱《しご》き上げられ、もう片方の乳首を指で嬲《なぶ》られると、くすぐったさとゾクゾクとした痺れに、身体を揺らしてしまう。

「先がコリコリしてる。それに、乳房はマシュマロみたいにふわふわだ。……この感触、堪《たま》らないな」

乳首を咥えたまま、欲望を孕《はら》んだ掠《かす》れ声で、ジョシュアが囁く。

「ひ……っ、ん、んぅ……」

乳首が甘嚙《あまが》みされ、切ない痛みが身体を駆け巡る。そして、次に優しく慰《なぐさ》めるように舌が這わされていった。

その艶《なま》めかしい感触に、アメリアはどうしようもなく身体を跳《は》ねさせる。

目が見えないため、次にどこに触れられるのか解らない。その恐怖からくる怯えが、いっそう肌を敏感にさせていた。

「……はぁ……っ、はぁ……。……も、……やめ……」

息を乱したアメリアの肌が、湧き上がる羞恥《しゅうち》と与えられる快感から上気していく。耳や首元までもが熱い。するとジョシュアは、彼女の耳朶《みみたぶ》に唇を寄せながら囁きかけてくる。

「……ほら、やっぱり君は恥ずかしいみたいだね。こうして目を覆っておいて、正解だったとは思わないか」

どうやら、ジョシュアの予定では恥ずかしい思いをするのは、アメリアのほうだったらしい。

彼の意図に気づかず、愚《おろ》かにもこんなふうに好き勝手な真似をされる状況に陥《おちい》ったことが、恨めしかった。

「放して……っ、いや……。こんなのはいや……」

次第に彼女の胸を弄《いじ》る手が強く、そして激しくなっていく。

艶《なま》めかしい手つきで、胸が揉《も》まれ、痛いぐらいにほぐされ始めてしまう。

「……あっ、……」

掌や指の間で、固くなった乳首が捏《こ》ね回されると、ジクジクとした快感が走り抜ける。

淫らな喘ぎが、喉の奥からとめどなく洩《も》れそうになるのを、彼女は寸前で堪えた。

「や……っ、やぁ……。ジョシュア。……ど、……どうして急に、こんなことをするの？」

これ以上は、堪え切れそうになくて、アメリアが尋ねる。ジョシュアはこんな強引で卑劣な行為をするような男ではなかったはずだ。

「もしかして気づいてなかったのか」

呆《あき》れた様子で手を放し、ジョシュアが言った。

「そんなの簡単だよ。君が朝っぱらから、他の男と一緒にいたからに決まってる」

「え？　……私がロブといたから？」

たったそれだけの理由で、こんな淫らな真似を強引にされているというのだろうか。

アメリアは驚きのあまり、言葉にならない。そんなアメリアを見つめ、ジョシュアはふたたび機嫌が悪くなっていく。

「君の口から名前を呼ばれると、殺意を覚えるよ……まだ虫の居所が悪いな。……やっぱり処罰しようか、あの男を」

低い声音で放たれた呟きに、アメリアの血の気が引いてしまう。

「やめて！」

ロブはなんの関係もないのだ。たまたま王城に立ち寄って、アメリアを見かけ、心配してくれただけの相手だった。そんな人に罰を与えるなんて、冤罪《えんざい》を被せるようなものだ。

「どうして？　やっぱりアメリアはあの男が好きなのか」

ふたりの関係を訝しんだジョシュアが、苛立った声で尋ねてくる。

「あの人に、罰なんて与えないで」

アメリアは、懸命《けんめい》に訴えた。

「君は、そんなにあの男を庇《かば》いたいというのか？」

すると、そのことがジョシュアの怒りに油を注ぐ結果になったらしい。彼の声がさらに怒気を孕んでしまう。

「ロブを庇ってるんじゃないわ。関係のない人を巻き込まないでと頼んでいるの」

焦りからアメリアはそのことを軽視してしまっていた。

「僕の腕の中で、なんども他の男の名前を呼ぶなんて、赦《ゆる》せないな」

ジョシュアの声音が途端に冷ややかになる。声を荒らげてはいないのに、先ほどよりも、ずっと恐ろしく感じられる。

「え？　あ……、あの……」

そこで初めてアメリアは、自分がとんでもない失敗をしたのだと気づいた。

「……そんなに彼が心配なら、罰を与えるのは君だけにする。これで文句はないよね？」

「それは……、そうだけど……」

彼の提案に、アメリアは仕方なく頷くしかない。そうしなければ、関係のないロブに迷惑がかかってしまうからだ。

「じゃあ大人しく罰を受ける君に、続きをしようか。……どこから触ってほしい？」

自《みずか》ら望んでこんなことをしているわけではない。希望などあるわけがなかった。

アメリアの返答を待たず、ジョシュアがふたたび胸の膨らみを掴んでくる。

「乳首、感じるよね」

そして、クリクリと指の腹で擦り立てられ、下肢《かし》にまで痺れが駆け抜けていく。

「……感じな……っ！　ん……はぁ……、……ん、んぅ……やぁ……っ。……放し……っ」

彼の手にすっかり馴染《なじ》んでしまったかのように乳首が嬲《なぶ》られるたびに、甘い喘ぎを洩らしてしまっていた。それでも懸命に抗おうとするアメリアに、ジョシュアが告白する。

「嫌だね。……初めて見たときに気づいたんだ。君は僕の子供を産む女性だって。天使みたいに眩《まぶ》しくて、可愛くて、ドキドキしたよ。こんな気持ちになったのは初めてだった」

愛《いと》おしげに呟かれる言葉に、アメリアまでドキドキしてしまう。

まるで本気で口説《くど》かれているかのようだった。しかし、アメリアには、人の気持ちを推《お》し量《はか》るほどの経験がない。どうしていいか解らず戸惑《とまど》っていると、ジョシュアは続けた。

「……あのとき僕が深傷《ふかで》を負っていなかったら、人目を気にせず襲《おそ》いかかっていたかもしれないぐらい君はかわいいんだって自覚はある?」

身勝手な独白に、アメリアは呼吸をすることすら忘れてしまう。

「ここで政務をしていたときも、君の誘惑とずっと戦っていたんだ。……我慢って身体に悪いね。こんなにも凶暴な気持ちになってしまった」

動揺のあまり止まっていた時間が動き始めたのは、彼の愛撫《あいぶ》のせいだった。

「ほら。こっちも触ってみようか」

ジョシュアはアメリアの下肢に手を伸ばし、スカートの裾をたくさんのフリルが施されたパニエごと捲《まく》り上げられてしまう。

「や……っ、だめ……。そんなことしたら……見えてしまう……っ」

男性の前で脚を露にするなんて、未婚の娘にはあり得ないことだ。アメリアが太腿《ふともも》を摺《す》り合わせ、上半身を屈ませることで隠そうとすると、ジョシュアが呆れた口調で言った。

「どうせ僕たちは結婚するんだ。これぐらい許してくれてもいいのに」

彼はいつも結婚をかさに、女性を口説いているのだろうか。

「……他の人にも、同じこと……言って……るくせに」

先ほど執務室に来た女性のような、美しい令嬢たちが、彼の周りを取り囲む姿が容易に想像できた。魅力的な人など、社交界では山のようにいる。

手練手管《てれんてくだ》も知らないアメリアなど、ひとときの戯れの相手にもならないはずだ。

いくらジョシュアに告白されても、視界を覆われ、手まで拘束されているせいか、アメリアには不安しか抱けなかった。

「あの男にうまく言いくるめられたみたいだけど、僕は君にしかプロポーズも告白もしたことはない。どうやったら信じてくれるんだ？　今日から周りに女を近づけさせなければいいのか。それとも、自ら首枷《くびかせ》を嵌《は》めて、鎖《くさり》と鍵を君に手渡せばいいとでも？」

ジョシュアに声を荒らげられ、アメリアの身体が萎縮《いしゅく》してしまう。

「し……知らない……」

彼に首枷や鎖など不穏なものをつけて、服従させたいなんて思えるわけがなかった。アメリアはブルブルと首を横に振る。

「君にとっては……僕なんて関係ないっていうことだね」

閉じていた脚が強引に開かれた。

「なにをするの、やめてジョシュア」

ずっと恐ろしい声を発していたジョシュアが、なぜかクスクスと笑い出す。

「一から十まで説明しないと理解できないなんて、愚《おろ》かな人だな。……でもそこが可愛いかな。手がかかる子ほど可愛いっていうのは本当だったんだね」

ジョシュアが浮かべているであろう笑みが、どこか常軌《じょうき》を逸《いっ》しているように思えて、アメリアは渇いた喉でコクリと唾《つば》を溜飲《りゅういん》した。

「きっと僕たちの子供も、君に似てかわいいと思うよ」

暗に彼は、アメリアを孕《はら》ませると言っているのだ。怯《おび》えて腰を引こうとした彼女の腕が摑まれる。そしてジョシュアのほうへと引き摺り寄せられ、ふたたび脚を開かされてしまう。

「関係ないなんて、二度と言えないようにしないといけないな」

まるで自分に言い聞かせるように、ジョシュアが呟く。

「……違うの……、私……」

ジョシュアが関係ないなんて、言ったつもりはなかった。彼が首枷や鎖なんて、おかしなことを言い出すから、怖くなって『知らない』と答えてしまっただけだ。

しかし、言い訳しようとするアメリアのドロワーズの上から、ジョシュアの指が這わされていく。そして淫らな手つきで陰部を、薄い布地越しに撫でさすられ始めてしまう。

「やっ。……ど、どこを触って……。ジョシュアッ。やめて……」

小さな突起に、彼の指が触れると、ヒクリと蜜口が震えた。

「あ……っ」

思わず声を上げてしまうと、執拗《しつよう》にその部分を指で抉《えぐ》られ始める。

「嫌がっても感じるぐらい、ここが気持ちいい？」

「……んっ、んぅ……っ。や、やめ……っ」

そしてじっとりと蜜が滲《にじ》み出し、ドロワーズの布地を湿らせていく。

恥ずかしさと、怒りで、アメリアは顔が熱くなってしまう。

他の男のことで誤解して、騙すような真似をするなんて酷すぎる。そう思うのに、触れられた場所がひどく疼《うず》いてしまっていた。

「……勉強をするって聞いたのにひどいわ……、ジョシュアの嘘吐《うそつ》き！」

アメリアがしゃくり上げながら、批難すると、ジョシュアが愉《たの》しげな声で答える。

「じゃあ勉強しようか？」

「え……」

嫌な予感がしていた。その予感はすぐに的中し、彼女の履いていた白いドロワーズが引き摺り下ろされた。

「いやぁ……、ジョシュアッ！　なにするの。お願いだから、もうやめて……」

瞼《まぶた》に涙がいっぱいに堪《たま》るが、目を覆っている布のせいで、こぼれ落ちることはなかった。

そうして薄い茂みの奥に隠されていた秘処が露にされてしまう。

「や……！　や……ぁ……」

ジョシュアは羞恥《しゅうち》に震えるアメリアを押さえつけて、さらに大きく足を開かせた。

「『嫌』だなんて、僕の勉強の邪魔は困るな。大人しくしてくれないか。……ふふ。いい眺めだな。……本によると、ここが大陰唇《だいいんしん》だね」

万年筆の後ろで秘部が擽《くすぐ》られ、肉びらを捲《めく》られる。

「んぅ……っ」

アメリアが、ヒクリと陰部を震わせた。なにを言っても、彼は行為をやめるつもりはないらしい。

「こっちのかわいいのが、小陰唇」

花びらのような突起が抉り回されると、走り抜ける快感に内腿が震えた。

「ひ……、見ないで、やめて……」

媚肉の間は、なんども乳首を弄り回されたせいで、じっとりと濡れてしまっていた。

「……はぁ……っ、あぁ……シンッ」

グリグリと万年筆の後ろで嬲られる感触に、身体が反応してしまう。

「尿道と……陰核。ねえ、なんだか赤く膨《ふく》らんで、いやらしく震えているように見えるけど気のせいかな」

「し、知らな……。ん……あ、……、あふ……、ん……シンッ」

淫らに濡れそぼった秘部が、ジョシュアの瞳に晒されている。そう思うと、今すぐに消え入ってしまいたくなる。それなのに神経が研ぎ澄まされて、いっそう感じてしまっている自分がいた。

「いやらしい涎《よだれ》でぬるぬるになってる、これが膣口《ちつこう》」

ヌブリと濡れそぼった蜜口に、万年筆が押し込まれていく。

「……ひぁっ……。ふ……っ、……ンンッ」

まだ誰の欲望も受け入れたことのない清らかな孔だった。それを、無機質な金属に分け入られ、アメリアは懸命に腰を揺らして抗おうとした。

「や……っ、やぁ……。抜いて……」

だがジョシュアは、さらにペンを押し込み、挙句《あげく》にはゆるゆると掻き回していく。

「これだけ濡れているせいか、どんどん入っていくね。……なんだか、すごくいやらしい眺めだな……」

少し掠れた彼の甘い囁きが、アメリアの情欲をいっそう掻き乱していく。

しかし、どれだけ高ぶっていても、羞恥は収まらない。

「……見ないでって言ってるのに。……ど、……どうして、こんな意地悪するの……っ」

アメリアは泣き濡れた声で、ジョシュアを責めた。だが、彼は答えようとしない。

そして、さらに話を変えて、彼女に尋ねてくる。

「ここ、舐めたらどうなると思う？」

ジョシュアがそう言って、蜜口から引き抜いた万年筆で擽ったのは、アメリアの花芯だった。

花びらのような突起の奥で包皮から顔を出した肉芽が、万年筆になんどもつつかれる。

「や……っ、やぁ……」

ヒクリヒクリと鋭敏な突起が震え、痺《しび》れるような快感を身体に駆け巡らせていく。

「きっと万年筆なんかより、僕のこの舌のほうが、気持ちいいよ。……ね？　アメリアもそう思うだろう」

万年筆を置いたジョシュアは、アメリアの太腿を抱えた。そして躊躇《ちゅうちょ》することなく、下肢の中心に顔を埋めた。

「……噎《むせ》せ返るほど、誘ってるみたいな匂いがする……。……ん……」

熱い吐息が、アメリアの秘された部分にかかった。くすぐったさにブルリと震えが走る。

「そんなこと……、や、やめ……っ」

アメリアは抵抗の言葉を放つが、聞き入れてもらえるわけがなかった。

ジョシュアのねっとりとした舌先が、鋭敏な突起に触れる。そして、花芯を捏ね回すようにして、ゆるゆると舌が動かされていく。

「ひァ……、あ、あぁ……っ。舌……、動かさ……な……ぃ……でぇ……っ、やぁ！」

アメリアは一際甲高《かんだか》い喘ぎを漏らし、ビクビクと身体を跳ねさせる。そうして、キスもしたことのない穢《けが》れのない身で、卑猥《ひわい》にヒクつく淫唇が強引に舐めしゃぶられていった。

こんなことは嫌なのに。アメリアはなすすべもなく、ただ胸の膨らみを揺らして、身悶《みもだ》えてしまう。

「アメリア、すごくかわいい。……ここを舐めるとそんなに気持ちがいいの？　じゃあ、もっとしてみようか」

激しい反応をみせるアメリアに歓喜したジョシュアが、痛いぐらいに舌で肉芽を嬲り始める。

「や……っんぅ。だめって……言ってるの……、し、舌で……、グリグリしな……で……」

艶《つや》やかなホワイトブロンドを振り乱し、アメリアが訴えるが、ジョシュアの舌は止まらない。その上、蜜を滲ませる膣口に、いきなり二本の指を押し込み、粘膜を押し引いていく。

「溢れてきた。……すごいな……」

感嘆した彼の声が霞《かす》んでいるかのように、ひどく遠くで響いて聞こえる。

「ふ……ぅあ……。く……んぅっ。あ、あ、あぁ……っ。指、……抜いて……ぇ……」

上半身をくねらせるアメリアの淫らな襞《ひだ》を、ジョシュアは巧みに蠢《うごめ》く舌と器用な指で嬲って、執拗《しつよう》に責め立てた。

「中も……開いて見てもいい？」

これ以上は、許容できるわけがなかった。アメリアは本気で泣き出してしまう。

「だめっ、もうだめ……っ、お願い……。も……もうっ……やめて、ジョシュア。……こ、これ以上したら……嫌いになるから……」

するとジョシュアがしばらくの沈黙の後で嘆息し、そして謝罪した。

「……僕を嫌いになるって？　……わかった。悪かったよ。これ以上はしないから」

これで許してもらえるのだろうか。怯えたアメリアが彼の様子を気配で窺《うかが》う。すると、ジョシュアはアメリアの身体を向かい合わせに抱えたまま、ゆったりとした執務椅子に腰かける。

足を開かれ、ドレスを乱された淫らな格好だった。そして彼の股間《こかん》が、固くなっていることに気づき、いっそう羞恥が走った。

濡れた陰部が彼のトラウザーズを濡らし始め、アメリアは羞恥に真っ赤になって身を捩る。しかし、ジョシュアは手を放してくれない。

「ね……、もう待つのはやめて、無理やり奪ってしまおうか。相手の気持ちを尊重するなんて、生まれて初めてだったんだけど。似合わない真似は止《よ》したほうがいいね。押さえつけた分だけ、凶暴な気分になってしまう」

布越しに生々《なまなま》しい男の欲望を感じ、アメリアは布で覆われたままの目を瞠った。

「いやぁ……っ。な……、なに……。あ、当たってるの……。これ……もしかして……。い、いやぁ……っ」

だが、いっそう強く雄の固い陰部が、グリグリと押しつけられる。

その感触に、全身が総毛立つ。

「……理性が壊れたら、自分ではどうしようもなくなる気がするよ。アメリア……どう思う？」

男性の欲望など、アメリアに理解できるわけがなかった。ただ、不安で。怖くて、堪らない。

「だめ……。無理やり……なんて。……しなぃ……で……っ」

アメリアが子供のようにしゃくり上げながら訴えると、優しく背中が撫でられる。

「君はずるいな……。そんな風に怯えられたら、なにもできなくなってしまうのに」

淫らにヒクついた淫唇が、いっそう強く固い欲望に擦りつけられ、アメリアは喘ぎながら彼の体に縋《すが》りつく。

「……や……、固いの……、押しつけないで……。あ、……あふ……、ん、んんぅ……」

感じやすい突起を押し潰すように、媚肉の上から、隆起した欲望を擦りつけられていく。すると、鈍い愉悦《ゆえつ》が断続的に身体を駆け上がってくる。その快感に、アメリアは彼の膝の上でまるで、さらなる快感を求めるように、無意識に腰を揺らし始めてしまっていた。

「でも、これぐらいはいいよね。ほら、キスだよ」

アメリアの頤《おとがい》を掴むと、ジョシュアは彼女の唇に、そっと自分のそれを重ねる。

ぬるついた舌が擦れ合うと、どうしようもない愉悦が喉の奥から湧き上がっていた。乱れた呼吸のせいで、アメリアはいっそう興奮してしまっている。

「あ、……んぅ。……ふ……ぁ……」

角度を変えて、なんども口づけを繰り返していると、溢れた唾液が口角をしとどに濡らしていく。しかし、ジョシュアとの口づけをやめる気にはなれない。

理性が壊れてしまったかのように、もっと彼の感触を味わいたくて、アメリアは無意識に、自らも舌を絡《から》めさせてしまう。

「……んぅ……っ、ふ……ぁ……、は……っンン」

ジョシュアは、くるおしいほどアメリアを抱き締めて囁いた。

「愛している。……たとえどれだけ君が逃げても、僕が必ず捕まえるから、覚悟しておくといいよ」

トラウザーズを寛《くつろ》がせ、ジョシュアは憤《いき》り勃った肉茎を引き摺りだした。その固い切っ先をアメリアの秘処に押しつけてくる。

「……だめ……。お願い……っ、もう許して……！」

逃げようとする腰が摑まれ、ジョシュアの強い力で固定されしまう。

「あっ、いやぁ……」

抵抗する言葉を塞ぐように、そのまま唇を奪われ、執拗に舌を絡ませられた。

「んんっ。ん……っ。ふぐ……っ。は……ぁ……。……ん、んんぅ……」

ジョシュアのぬるついた舌先が、擦りつけられる感触に、抑えられないほどの欲求が高ぶる。

「このまま、挿《い》れたい。……君の中をこじ開けて、僕の証《あかし》を刻《きざ》みつけたいんだ」

淫らな言葉を告げられ、アメリアは息を飲んだ。

彼の熱に、身体中を搔き乱されたいような情欲が芽生《めば》え、戦慄《せんりつ》から身震いが走る。

「……だ……めぇ……っ」

否定の言葉は聞いてもらえず、彼の膨れ上がった亀頭が、濡れそぼった媚肉にヌルヌルとと擦りつけられ始めた。

「あっ！」

身体を強張らせ、ガクガクと震えるアメリアの首筋に唇を押し当てたジョシュアは、じっとりと汗ばんだ肌を舐め上げ、なんども唇で吸い上げていく。

「……ん……っ、んぅ……っ」

艶めかしい感触と、とめどなく込み上げる愉悦に、彼の熱を受け入れてもいいと、頷きそうになる。しかし、そんなことはしてはいけない。

ジョシュアは、心からアメリアを愛しているわけではない。戯れに欲望を抱いているだけなのだから。

姦淫《かんいん》は大罪だ。神様もきっと許してはくれないだろう。

だが、固く隆起した肉棒《にくぼう》に、感じやすい花芯をグリグリと抉られるたびに、蜜口からトロリとした粘液が溢れて出してしまう。

「はぁ……っ、はぁ……」

蜜に濡れそぼった肉棒が、ヌルヌルと媚肉の間を擦りつけるたびに、アメリアはいっそう息を乱してしまっていた。

「……どうして、だめなんだ」

低く掠れた声を耳元で囁かれると、引き攣《つ》った爪先《つまさき》まで甘く痺れてしまいそうだった。

「怖い……の……っ、だから、赦《ゆる》し……」

アメリアは恐ろしかった。

自分ではなくなりそうな、激しい愉悦が。

彼の体に縋りつき、淫らに身体をうねらせてしまいそうな欲望が。

そして、なにより関係を持ってしまった後で、彼に見向きもされなくなったときの自分が恐ろしかった。

「……解った……。でも……、このまま、もう少し……」

そう囁いたジョシュアは、アメリアの媚肉に肉棒を擦りつける動きを激しくしていく。

快感に腰が浮き上がる。だが、すぐに引き戻され、さらに強く求められてしまう。

「あっ、あぁっ、あぁっ!!」

蜜に濡れそぼって赤く充血した花芽が、ヌチュヌチュと捏ね回され、アメリアは背中を仰け反らせながら、淫らな嬌声《きょうせい》を上げる。

「ひ……ぁ……っ。あふ……、ん……い……ぅ……シンッ」

赤い舌を覗かせて、快感に打ち震えるアメリアの身体を、ジョシュアが強く抱き締めた。

「アメリア……っ、……愛してる……」

その言葉が、真実だったなら、どれほど嬉しかっただろうか。

「聞こえてるの？　ねぇ、僕がどれだけ君を想っているのか解ってる？」

ジョシュアの言葉に、アメリアがいっそう泣きそうになる。そして、否定するように身体をくねらせると、激しく腰が揺さ振られていく。

「ひっん……、ん、ンンゥ……ッ」

ジョシュアが腰を上下するたびに、露にされた胸の膨らみが、淫らに波打つ。痛いぐらいに引き攣った乳首が、痺れるような快感を駆け巡らせていた。

「……ふぁ……っ、あ、あふ……ンンンゥ……ンッ」

ガクガクと総身《しんし》を痙攣《けいれん》させるアメリアの目を覆いが外される。すると、そこにあるのは、ジョシュアの真摯な眼差《まなざ》しだった。

「アメリア……ッ」

いつもとは違う、余裕をなくしたジョシュアの切ない表情と、狂おしいほど熱い視線に、アメリアはどうしようもなく心臓が高鳴ってしまう。

「あ、あぁ……っ、あぁ！」

――そうして、アメリアがキュッと強く下肢を引き攣らせて、甘い痺れに背中を仰け反らせたとき。熱い飛沫が、アメリアのふっくらと膨れた媚肉に、ビュクビュクと勢いよく浴びせかけられた。

「……はぁ……、く……んんぅ……っ。はぁ……、はぁ……っ」

息を乱したアメリアに、力強い腕が回される。鼻腔をつく青臭い匂いを嗅《か》ぐと、身体の熱がいっそう煽られてしまっていた。

今すぐ、手の拘束を外してもらい、ジョシュアの身体から離れなければならない。それが解っているのに、身体が弛緩《しかん》し、彼に甘えるかのように倒れ込んだまま、身動きが取れない。

「……ふぁ……っ、はぁ……。はぁ……く……ンンッ」

ひどく身体の奥が疼いていた。

ヒクヒクと淫唇が震える。もっと、強い快感が欲しくて。淫らな言葉が、喉を吐《つ》いて出そうになってしまう。

「……や……っ」

いったい自分の身体はどうなってしまったのだろうか。

背徳感と欲望の狭間で、逡巡《しゅんじゅん》していたアメリアに、ジョシュアが蕩《とろ》けそうなほど甘い声音で囁く。

「今夜、部屋に行く。……それまでに心の準備をしておいてくれ」

＊＊　＊＊　＊＊

『いや……っ、……あ、あぁっ……』

自分のものとは思えないような甘い喘《あえ》ぎ声が、脳裏にこびりついて離れなかった。

ジョシュアに手の拘束を解かれた後、エーレンフェル城であてがわれている部屋に駆け戻ったアメリアは、慌てて バスルームへと閉じこもった。

金色の蛇口を捻《ひね》り、アメリアは自分の下肢を、湯で洗い流していく。しかし、生まれて初めて、男に浴びせかけられた精液の青臭い匂いと、迸《ほとばし》る熱い感触を思い出すだけで、クラクラとした眩暈《めまい》がやまない。

「……や……ぁ……っ」

アメリアの身体は無垢《むく》なままだった。しかし吐精を受けた感触、そして抱き締めてくる彼の腕の力強さや、擦りつけられた欲望の熱が消せずにいた。

いくら忘れてしまおうとしても、すぐに鮮烈な記憶が脳裏に蘇《よみがえ》ってしまう。

アメリアは、淫らな欲望が清らかな身体を次第に侵食していくようで、泣きたくなってしまっていた。

バスタブに溜めたお湯で、なんども身体を洗い上げるが、焦燥感は消せない。縛られていた手首が擦れてしまっているせいか、お湯に触れるとチリチリとした痛みが走る。

『今夜、部屋に行く。……それまでに心の準備をしておいてくれ』

ジョシュアはきっと、宣言通りに今夜アメリアのもとを訪れるだろう。そして、あの凶器のような灼熱《しゃくねつ》の楔《くさび》で、彼女の身体を押し開くつもりなのだ。

「……や……いや……ぁ。こわい……。……どうしたら……」

今夜のことを考えると、アメリアはいてもたってもいられなくなってしまう。

慌てて彼女はドレスに着替えると、衝動的に部屋を駆け出した。

「っ!!」

このままではジョシュアの戯れの相手にされてしまうに違いなかった。出会ったばかりのアメリアに、彼はプロポーズをした。だが、お互いのことをなにも知らない状態だ。

本気だなんて言われても、信じられるわけがない。

それに、いつも女性を侍らせているジョシュアにとっては、女性への甘い言葉など、簡単に口にできるようなことに思えてならなかった。

アメリアを無理やり拘束するような真似をしたことを考えても、きっと本気ではなかったのだ。そうして、飽《あ》きれば人の想いなど考えもせず、奪うときと同じように、唐突に自分の前から姿を消してしまうに違いない。

持て余したお金と時間を享楽《きょうらく》に明け暮れている上流階級の人間とは、得てしてそういうものなのだと、父は幼《おさな》い頃からアメリアにそう教えてくれていた。

ひとときの恋などしたくない。遊びの恋など、自分には向かない。アメリアは心から自分を愛してくれている人だけと結ばれたかった。

しかし、束の間とはいえジョシュアがあれほどの執着をみせている以上、このままでは父に迷惑をかけてしまう。

——どうしていいかは解らない。だが、今はエーレンフェル城から……、ジョシュアの前から消えてしまいたかった。

第三章　蜘蛛《くも》の糸に搦《から》め捕られて

ジョシュアのもとから逃げだしたアメリアが邸《やしき》に帰ると、一通の手紙が彼女の部屋に届いていた。

差出人は、隣国であるアルヴァラ王国へと嫁《とつ》いだ叔母《おば》からだ。どうやら、ひとり息子が駆け落ちしてしまい、気落ちして身体《からだ》を患《わずら》ってしまっているらしい。

叔母の夫は子爵《ししゃく》家の三男で、資産家ではあるが放浪癖《ほうろうへき》があり、邸には滅多《めった》に帰らないと聞いている。叔母はきっと毎日寂《さび》しい思いをしているのだろう。

手紙によれば、アメリアにその気があるなら、アルヴァラ王国の国立大学へと留学に来ないかという話だった。

大学教授のひとりと叔母は親交があり、便宜《べんぎ》も図《はか》ってくれるらしい。

このままアメリアが、ジョシュアのもとにいては、彼の玩具《おもちゃ》にされてしまうだけだ。

だが、反抗すれば父に迷惑がかかってしまう。まだあどけない妹を置いて邸を出ていくのは不安だ。しかし、家族のためを思えば、アメリアは今すぐ叔母のもとに身を寄せるのが妥当なことに思えた。

——そして、その日の夕食の席で、アメリアは父に留学を決めたことを告げた。

「叔母様は身体まで壊されて、お辛《つら》そうなの。元気になられたら、すぐに戻ってくるわ。だからお願い」

アメリアは今まで父に反抗したこともないし、なにか願いごとをしたこともなかった。

優等生が過ぎるのではないかと心配されたことすらあるぐらいだ。

そんな彼女からのたっての願いに、父は渋々《しぶしぶ》ながらに留学を了承してくれた。

「ティーナ。お父様のことよろしくね。あなたは警戒心がなさ過ぎるから、知らない人や、お父様の言うような貴族の息子たちには充分気をつけるのよ。解《わか》ったわね」

すると、妹のティーナは、首を傾《かし》げてみせる。

「大丈夫。私はちゃんといい人と悪い人の見分けぐらいつくわ。それよりもお姉様も身体には充分気をつけて。叔母様が元気になったら、早く帰って来てね」

優しいティーナにかかれば、大悪党だとしてもいい人になってしまうに違いない。

彼女に微笑《ほほえ》みを向けられると、誰しもが毒気を抜かれてしまうのだ。

アメリアが姿を消して、一年も過ぎれば、ジョシュアも新しい相手に心変わりしていることだろう。

ティーナのことは心配だ。たが彼女はまだ幼《おさな》い。もっと成長して年頃になり、貴族の息子たちと知り合う機会が増えるまでに、アメリアが帰国すれば、彼女を守ることができると自分に言い聞かせて、無理やり納得した。

そうしてアメリアは、翌日の早朝に邸を発《た》ったのだった。

＊＊　＊＊　＊＊

アメリアが隣国であるアルヴァラ王国に渡ってから、早くも三年の月日が経《た》とうとしていた。

叔母は息子が家出しただけではなく、アメリアが同居をはじめてから間もなく放浪癖のある夫まで事故で亡くし、心身ともに衰弱《すいじゃく》してしまったからだ。肉親が亡くなった辛《つら》さをとてもよく知っていたアメリアは、叔母をひとりで放ってはおけなかった。

しかし、去年あたりまで寝込みがちだった叔母も、最近では元気な姿を見せるようになっていた。どうやら楽しい茶飲み友達ができたらしい。相手は数カ月にいちど、この邸にやってくるのだ。叔母はその日を心待ちにしていた。

相手は極度の人見知りらしく、アメリアは叔母の友人に一度も会ったことがない。だが、相手がやってくる日が近づくと、叔母はめかし込む。その上、張り切って家の掃除まで始めるのだ。塞《ふさ》ぎ込んで、寝てばかりいた頃を思えば、とてもいい変化だ。

ボーイフレンドなのかと尋《たず》ねると、叔母は気恥ずかしそうに笑ってみせた。

「勉強で忙しいのに、ごめんなさいね。アメリア」

今日は、叔母が待ち侘《わ》びていたお茶会の日だった。その友人の好物だというので、いつも来る前に焼いているアップルパイと、カモマイルとシナモンのアップルティーを用意してから、アメリアは大学へと向かう。

「これくらい構わないわ。それじゃあ、お友達によろしくね」

そう言って邸を出ると、鉄柵の門のところに眼鏡《めがね》をかけた小柄で黒髪の女性が、路地で本を読みながらアメリアを待っていた。

ミーアという、近くの教会の一人娘だ。アメリアがこちらに留学してから、なにかにつれて相談に乗ってくれる友達だ。

「遅いわ」

「ごめんなさい。家を出るのに手間取ってしまって」

約束の時間までは五分以上あるのだが、ミーアにとっては自分より遅い相手は、すべて遅刻になってしまうのだ。

「行きましょうか」

そうしてふたり連れ添って歩くのだが、ミーアが話すのは主に授業内容についてばかりだ。

年頃の女の子が話すような恋の話ではない。そのことが、ありがたかった。彼女は男嫌いな気があるらしく、潔癖《けっぺき》なほどに異性との関わりを拒絶している。

アメリアも年頃のため、誘いも多いのだが、まだそんな気にはなれなかった。

脳裏《のうり》に過《よ》ぎるのは、いつもサラサラとしたラズベリッシュブラウンの髪と宝石のようなアメシスト色の瞳《ひとみ》をした壮絶な美貌《びぼう》の持ち主、ジョシュアのことだ。

あれから三年も経つのだ。きっと彼には恋人ができているに違いない。……それどころか結婚している可能性すらある。どちらにしろジョシュアはアメリアのことなど、すっかり忘れてしまっているに違いなかった。

「どうかしたの？　またひとりで考え込んでいるのね」

ミーアに静かに尋ねられ、黒い瞳でじっと顔を見つめられる。

「え？　あ……、ごめんなさい。明日の収穫祭のことを考えていて」

アルヴァラ王国の収穫祭は、年に一度の恋人たちの祭典だ。麦にちなんだ茶色いお菓子を、綺麗《きれい》にラッピングして、男性が薔薇《ばら》の花とともに女性に渡し、相手を受け入れた場合は、頬《ほお》にキスを返すのだ。

「私たちには関係のないことよ。私はいつも通り子供たちと過ごすわ」

ミーアの住んでいる教会には、行き場をなくした孤児《こじ》が、たくさん身を寄せていた。

彼女は毎年、みんなと一緒に収穫祭を祝う料理を作って、楽しい時間を過ごしているらしい。

「あなたは、今年も礼拝堂に行くの？　うちに来てもいいのよ」

叔母はアメリアに恋人がいると信じきっていた。そして毎年新しいドレスを用意してくれて、収穫祭に送りだそうとするのだ。

その楽しげな様子に、恋人などいないとは言い出せず、毎年ひとり寂しく礼拝堂で時間を潰《つぶ》す羽目《はめ》になってしまっている。

「ありがとう。でも……ひとりで考えたいことがあるの」

町を歩く恋人たちが、仲睦《なかむつ》まじい様子を眺《なが》めていると、ついジョシュアのことばかり考えてしまう。そんな状態で、他の男性と一緒に過ごすのは躊躇《ためら》われた。相手に失礼だし、自分の心に嘘《うそ》をつくことになる。

「そうね。それがいいわ。男なんてみんな下半身でしかものを考えられない生き物なのよ。あなたは俗物たちと関わっちゃだめよ。運命の人が待っているんだから」

淡々と告げるその様子は、まるで占い師かなにかのように見える。

「本当にいるのかしら。私に……」

弄《もてあそ》ばれることが怖くて逃げたくせに、そんな不誠実な相手のことばかり考えてしまう愚《おろ》かな自分に、本当に恋などできるのだろうか。

アメリアは笑いを浮かべようとするのだが、つい涙が零《こぼ》れそうになる。

「いるのよ。あなたが気づいていないだけで、ずっとすぐそばに」

意味深なミーアの言葉に、アメリアは首を傾《かし》げた。

「え……？」

「そんなくだらないことよりも、早く行くわよ。私が課題のレポートを、誰よりも先んじて提出することにしているって知っているはずよ」

大学の校門まで歩いて行くと、学生たちが待ち構えていた。

そこを通り抜け、坂道を上らないと校舎へは辿《たど》り着けない。だが、彼らはアメリアに気づくと、こちらに駆け寄り、周りを取り囲んでしまう。

相手は男性ばかりで、同級生だけではなく院生や後輩まで揃《そろ》っていた。

「アメリア。今年の収穫祭、俺と一緒に行かないか」

「私の家で食事をしよう。好きな料理をなんでもリクエストしてくれて構わない」

去年も同じようなことがあった気がするのだが、アメリアには、彼らとともに過ごす気にはなれなかった。

貴族の息子たちには充分気をつけろという父の言葉以上に、頭の中にいる男性ほどに、胸を掻《か》き乱される相手がいないからだ。

「私は……」

アメリアが断ろうとすると、それよりも先にミーアが答える。

「馬鹿《ばか》な人たち。この子には、心に決めた人がいるのよ。幾《いく》ら誘っても無駄だと言っているでしょう」

　すると、彼らのひとりが反論した。

「アメリアが男と一緒にいるところなんて、見たことがないぞ」

「嘘を言っているんじゃないのか」

「僕を断るのに、嘘を吐《つ》いているんじゃないでしょうね」

「邪魔《じゃま》するなよミーア、お前を誘ってるわけじゃないいんだからな」

　噛《か》みつくように、次々と告げられる言葉に、ミーアを傷つける言葉が混じり始めたことに気づいたアメリアは、慌《あわ》てて言い返した。

「ごめんなさい。……母国のブランシェス王国に……、好きな人がいるの」

　すると、学生のひとりが苛立《いらだ》った様子で問い詰めてくる。

「それは前にも聞いたけど、お前がこの国に来て、三年も経っているっていうのに、忘れられないのかよ」

　それはアメリアがいつも自問している言葉だ。三年も経っているのに、まだ彼のことばかり考えてしまっている。まるで恋でもしているように。

　まるで心を囚《とら》われてしまったかのように。

「そう。どうしても、忘れられないの」

　アメリアが小さく頷《うなず》くと、潮が引くように、学生たちが目の前から去っていく。

「ありがとう。ミーア、迷惑をかけてごめんなさい」

ミーアに謝罪すると、彼女は肩を竦《すく》めてみせた。立ち去る男たちを見る瞳は、侮蔑《ぶべつ》の色が浮かんでいる。

いっそう男性不信に拍車《はくしゃ》がかかってしまったかのようだ。

「いいのよ。あんな奴ら、相手にするほうがおかしいわ。それよりも早く行きましょう」

＊＊　＊＊　＊＊

――そして、翌日の夜。

アメリアはたったひとりで、ミーアの家でもある教会に向かった。そして聖堂に並べられた茶色い会衆席《かいしゅう》に腰かけ、祭壇の向こうに飾られた天使をモチーフにしたステンドグラスを見つめる。

「寒い……」

教会の外からは、楽しそうな笑い声や、アコーディオンオルガンやトランペット、ヴァイオリンなどで奏でられる軽快な音楽が聞こえてくる。

町の中央ではパレードが行われ、ガラス細工やお菓子、花籠やホットワインなど様々な屋台が出ていると聞いているが、アメリアはまだ祭りの中心地に足を踏み入れたことがなかった。

教会の聖堂は、室内だというのに凛《りん》とした寒さだ。肩に巻かれたショールの温かさがありがたかった。これは出がけに、叔母が今日は冷え込むから……と、心配して貸してくれたものだ。最低でもあと三時間はこうしていなければならない。そう思うと、帰りたくなってくる。

だが、外出前に叔母が告げたことばが思い出されてくる。

「あなたをアルヴァラ王国に引き留めて申し訳ないと思っていたけれど、恋人が近くであなたを守ってくれているのなら安心ね。今夜は遅くなっても構わないから、楽しんできて」

アメリアは、邸にひとりきりで、心労のあまり一時は寝込んでしまっていた叔母のことが心配でならなかった。だが、叔母はこの国にアメリアを引き留めていることを、申し訳なく思っているのだ。

しかし、この国に来てすぐ、居間のソファーでうたた寝していたアメリアが、『ジョシュア』と寝言で呟《つぶや》いたらしい。恥ずかしさのあまり、誰にも秘密にしてほしいと訴えたのだが、その狼狽《ろうばい》する姿に、叔母はアメリアに恋人がいると信じきってしまったのだ。

――そんな相手などいないというのに。

嘘をつくことになっているのは心苦しいが、アメリアに恋人がいると誤解してもらうことで、気兼ねせずに過ごしてくれるなら、構わないと考えていた。

だから、今年も恋人たちの祭典である収穫祭に出かけたふりをしたのだ。それなのに寒さに凍《こご》えたぐらいで邸に帰るわけにはいかなかった。

胸の前で手を組み、アメリアはそっと神への祈りを捧げる。その他に、離れて暮らす父と妹が、病気もせずに幸せに暮らしていること、塞ぎ込んでいた叔母が明るくなったことなどの感謝を伝えた。しかし、そんな神聖な祈りの途中でも、つい頭に浮かんでしまうのは、ジョシュアのことだった。

「……」

アメリアに恋人がいると、叔母が信じきっているのも、こんなふうに胸の中を占めている男性がいることを悟られているからに違いなかった。

ジョシュアのことを、一刻も早く忘れたい。そう願っているのに、アメリアは、彼の声すら鮮明に思い出してしまっていた。

どうして忘れられないのだろう。固く瞼《まぶた》を閉じながら自問自答する。

彼の身に纏《まと》う官能《かんのう》的な香りも、声も、熱も、まるでいつも側にいるかのように、思い出してしまう。

唇《くちびる》に触れる柔らかな感触も、吐息も、すべてが鮮明で、息が苦しくなるぐらいだ。

「……どうして……、忘れられないの……」

身勝手なジョシュアなど、好きではない。懸命に自分に言い聞かせるのに、心は切り裂かれるように痛む。

そうして、瞼を閉じていると、いつしか、微睡《まどろ》みが訪れてくる。

身体が凍えるように寒い。

「……ん……っ」

だが、ふいに温かなぬくもりに包まれて、ぎゅっと身体が抱き締められる。

そして、唇を奪われ、「愛している」と狂《くる》おしい声で囁《ささや》かれた気がした。

「ふ……っ」

教会の会衆席でうたた寝をしていたことに気づいたアメリアは、身体にかけられている毛布に気づく。

神父が気遣《きづか》ってくれたのだろうか。首を傾《かし》げながら、毛布を摑《つか》むと、ふわりとどこかで嗅《か》いだような香りが鼻腔《びこう》を擽《くすぐ》る。

脳裏に過ぎったのは、ジョシュアの姿だ。確か、彼からもこんな香りがしていた。

しかし、ジョシュアは祖国ブランシェス王国の王子だ。隣国の、しかもこんな町の外れにある教会になどやってくるわけがない。アメリアは自嘲《じちょう》的に笑った。

そして、立ち上がろうとしたとき、膝《ひざ》の上に赤いリボンでラッピングされた小箱と、一輪の白薔薇《ばら》が置かれていることに気づいた。

「え？」

収穫祭でボランティアの女性が、子供に配るような小さな箱だ。やはり神父かボランティアの人が毛布を貸してくれたのかもしれない。

アメリアは、毛布を畳《たた》んで会衆席の一番前に置いておくと、貸してくれた相手に心から感謝して教会の扉を出た。

＊＊　＊＊　＊＊

気がつけばアルヴァラ王国にアメリアが留学してから、五年もの月日が流れていた。

アメリアは叔母が、駆け落ちして邸を出ていた実の息子と和解して、心身ともに元気になるまで、側に付き添い続けていたからだ。

もうジョシュアのことなど忘れた。傷ついてなどいない。

——アメリアはそう信じたかった。それなのにブランシェス王国へと帰国してすぐ、王城で開かれた舞踏会でジョシュアを目の前にすると、五年前の自分以上に動揺してしまっていた。

意外なことに、ジョシュアはあれから、誰とも結婚していなかったらしい。

だが、既婚でなくともジョシュアは今、アメリアの大切な妹ティーナの想い人だ。彼がどんな意図を持って、妹に近づいたのか見極めなければならない。

——そうしてジョシュア王子と約束した翌日の正午。

アメリアは、エーレンフェル城の中庭にある瀟洒《しょうしゃ》な東屋《あずまや》に置かれた、透かし彫りの椅子《いす》に腰かけていた。

「五年も経《た》ったのに……」

なにひとつ変わっていない。

薔薇の咲き乱れる庭園の美しさも、荘厳《そうごん》な王城も。そして、愚《おろ》かにも高鳴る胸の鼓動《こどう》も、怯《おび》えて逃げたくなる弱い心も。

憂鬱《ゆううつ》さから俯《うつむ》いて、深い溜息を吐いたとき、アメリアに声がかけられる。

「やっと僕に抱かれる気になったのかい、アメリア」

いきなり告げられた言葉に、アメリアは後ろを振り返る。

すると、そこには目映《まばゆ》いばかりに凛々《りり》しいジョシュアが立っていた。

「ジョシュア……」

昨日の舞踏会では緊張のあまり気づかなかったのだが、彼はかなり身長が伸びていて、少年っぽさが抜けて精悍《せいかん》な面差《おもざ》しになっている。

逞《たくま》しい肢体《したい》と、しなやかな身のこなしは、毅然《きぜん》としていて、清々《すがすが》しいほどだ。

「昨夜みたいに、ジョシュア殿下《でんか》って呼ばないのか」

ジョシュアに個別に会えるように頼んだものの、本来なら、そんなことが許されない立場であることを思い出す。

「失礼いたしました。……ジョシュア殿下、本日はお忙しいなか、時間を割いていただいてありがとうございます」

アメリアが東屋を出て、ドレスの裾《すそ》を持って礼をすると、彼は嫌そうな顔で、こちらを見つめてくる。

「やめてくれ。冗談で言っただけだよ。まったく、君は僕を苛立《いらだ》たせる天才だね。敬称は止《よ》してくれと、伝えてあるはずだ」

「……それは五年も前のことで……」

ふたりは気安い関係ではないはずだ。アメリアが躊躇《ためら》いがちに進言しようとするのを、ジョシュアは一言で叱責《しっせき》してくる。

「僕が構わないと言っている」

「え、ええ……、じゃあ昔と同じように話させていただくわ」

またジョシュアの機嫌を損《そこ》ねてしまった。彼とは、よほど相性が悪いのかもしれない。

そう考えながら、小さく息を吐《は》く。するとジョシュアは、アメリアの手を引いて、東屋の中に案内してくれた。

「話があるそうだけど。……ひとまず落ち着こう。お茶を淹《い》れてくれないかな」

侍女《じじょ》の用意したティーセットとお湯をもらって、持参したハーブティーをポットに入れて、蒸《む》らしはじめる。

今日のハーブティーは、摘《つ》んだばかりの柔らかなペパーミントの若葉と、ローズマリー、そしてタイムのブレンドティーだ。爽《さわ》やかな香りが、苛ついた気分をリフレッシュしてくれるのではないかと考えたからだ。

「いい匂いだね。今日のお茶会はとても愉《たの》しめそうだ」

ジョシュアが嬉《うれ》しそうに呟く。彼はお茶の時間がよほど好きらしい。

すると、侍女が次々にお菓子を運んでくる。

アプリコット・タルト、アップル・ガレット、生クリームをたっぷりつかった絞《しぼ》り出しクッキーや、ドライフルーツのパウンドケーキ、チョコレートボンボンと目移りしてしまうぐらいたくさんのお菓子だ。

以前こうして彼とお茶のテーブルを囲んだときに、彼が自《みずか》らの手でお菓子を作ってくれたことが思い出される。あれからもう、五年もの月日が流れたのだ。

そう考えると、切なさに胸が締めつけられるようだった。アメリアは、つい感慨深さに溜息を吐きそうになる。

「どうかした？」

ジョシュアに怪訝《けげん》そうに尋《たず》ねられ、アメリアは慌ててポットの取っ手を摑む。

「なんでもないわ」

そしてフレッシュミントのブレンドティーをカップに注いで、ジョシュアの前に差し出す。

すると彼は一口啜《すす》って、微笑《ほほえ》んだ。どうやら気に入ってくれたらしい。心の中で、アメリアはほっとする。

「爽《さわ》やかだけど、甘みがあって、後口がとてもいいお茶だ。こうして君の淹れてくれたハーブティーをまた飲めるなんて嬉しいよ。ああ。そうだ。今日のお菓子も僕が焼いたんだ。食べてみてよ」

「え？　……これを？」

思いがけない言葉に、アメリアは目を瞠《みは》った。

「なにを驚いているんだ？　前にも作ったことがあるはずだけど、もう忘れた？」

ジョシュアに悲しげな表情で尋ねられる。だが、アメリアは昔のことを忘れて驚いたわけではなかった。

「忘れてないけど……。こんなにたくさん？」

アメリアが、ジョシュアに話があるといったのは、昨日の夜だ。これほどのお菓子をひとりで作ろうとしたら、一晩中かかってしまう。そのことに驚いたのだ。

「そうだよ。だから昨夜は約束があるからと、舞踏会を抜けたんだ」

「……冗談でしょう？」

いっそ嘘だと言ってほしかった。

昨夜は、第一王子の誕生日を祝うために催《もよお》された舞踏会だ。つまり主賓《しゆひん》であるジョシュアが、アメリアに菓子を振る舞うためだけに、席を外したことになる。

「僕は、君に対してはいつだって本気だけど？」

　それなのに当の本人は、それを悔《く》いるどころか当然だとばかりだ。

「皆に誕生日をお祝いしてもらっているのに、なにを考えているの」

　アメリアは呆《あき》れてしまって、ついジョシュアを責めてしまう。

「そういえば、誕生日だったたな。僕は君になにももらってないから忘れていたよ」

　ジョシュアはティーカップを手に、そう入って優雅に笑ってみせる。そういえば、妹のティーナのことで頭がいっぱいになってしまっていた。そのせいで、贈り物をすることをすっかり忘れてしまっていたのだ。

「ごめんなさい。失念していたわ。……もう一日経ってしまったけど、なにか考えるから」

　辛《かろ》うじて昨夜彼に祝いの言葉を告げられたのは、せめてもの救いだ。あの状況なら、動揺のあまり言葉すら忘れていても不思議ではなかった。

「なにも考えなくてもいいよ。僕が欲しいのは、五年前から君自身だけだから」

　当たり前のように返され、アメリアは唖然《あぜん》としてしまう。

「……まだ諦《あきら》めていなかったの」

「諦める？　天地がひっくり返ってもあり得ないね。僕は一途《いちず》なんだ」

　そうしてジョシュアは、彼には到底《とうてい》似合わない言葉を口にする。

「そろそろあなたは、身を固めたほうがいいわ」

　女性を侍《はべ》らし、いろいろな相手を口説《くど》くのは不誠実だ。本当に好きな相手ができたときに告白しても、信じてもらえなくなるのではないかと、勝手な心配までしてしまう。

溜息混じりにアメリアが言うと、ジョシュアは神妙な顔つきで頷《うなず》いた。

「僕もそう思うよ。気が合うね」

どうやら聞く耳を持つ気はないらしい。そう諦めて、アメリアは本題を切り出す。

「あの。私の妹、ティーナのことなんだけど。彼女が誰を好きか知っているんでしょう」

恐る恐る尋ねると、ジョシュアは艶を帯びた流し目をこちらに向けてきた。

「もちろん。悪いようにはしないと伝えてある」

「……っ」

アメリアに聞いた話の通りだった。解っていたことなのに血の気が引いてしまう。

まさかジョシュアが、ティーナに興味を持つなんて思ってもみなかったことだ。

しかし五年ぶりの母国に帰ったアメリアは美しく成長した妹の姿に、驚きを隠せなかったぐらいだ。持って生まれた愛らしさに、女性らしさが加わったティーナは、どんな男性でも虜《とりこ》にしてしまうだろうと、予感させた。

「い……、妹は婚約者ができたの。諦めてくれないかしら」

声が震える。

ティーナのため仕方なく……と、自分に言い聞かせながら、嫉妬《しっと》からふたりの邪魔をしているのではなのかと思えてきたからだ。

「彼女次第というところだね。君が口出しすることじゃない」

きっぱりと言い切られ、説得の言葉がつまってしまう。

「そうだけど……、心配なのよ。解るでしょう？」

アメリアはジョシュアの瞳を見ることができなかった。

内心の疚《やま》しさと、溢《あふ》れそうな涙のせいだ。

「君は人の心配よりも自分を心配したほうがいいと思うけど」

ジョシュアはそう言って、当然の所有権だとばかりに、アメリアの腰に手を回してくる。

ひどく手慣れた行為に感じられて、悲しくなってしまう。そして、彼はチョコレートボンボンをひとつ手に抓《つま》むと、果実のように赤いアメリアの柔らかな唇《くちびる》に押しつけた。

アメリアは目を丸くする。チョコレートは好きだったが、お酒が飲めない体質で、強いものだと、たった一口で真っ赤になって酔っぱらってしまうのだ。

昔から果実酒は作っていたが、父のためで自分では飲まなかった。味をみるために舐《な》めたことはあったが、お酒というものは、甘くてふわふわとさせるものだと、安易に考えていたぐらいだ。

「君は確か、お酒がだめだったね。これはゼリーだから大丈夫だよ」

「どうして知って……、んぅ……っ」

アメリアはアルヴァラ王国に行くまで、自分でもお酒が飲めないことを知らなかったのだ。

それをどうして、ジョシュアが知っているのだろうか。不思議に思って尋ねようとするが、ボンボンを押し当てられているため、言葉が発せられない。

そうして、抗《あらが》え切れずにチョコレートボンボンを口に放り込まれると、中からチェリー味の甘いゼリーが溢れてくる。

「……おいしい……」

思わずそう呟くが、今はそれどころではない。必死に咀嚼《そしゃく》して甘いチョコレートボンボンをコクリと飲み込む。アメリアは、チョコを堪能《たんのう》している場合ではないと、ジョシュアに対して話を続けた。

「妹には幸せになって欲しいの」

「ああ。とてもかわいらしい子だからね。僕も同じ気持ちだ」

ジョシュアは本当のことを言っただけだ。それなのに、彼が他の女性を褒《ほ》めている言葉を聞くことが苦しくて、アメリアはいっそう泣きたくなってしまう。

なんて自分は醜《みにく》くて愚《おろ》かなのだろうか。

「同じじゃないわっ」

思わずアメリアは衝動《しょうどう》的に声を荒立てた。

「どうして？」

ジョシュアは意味が解らないとばかりの表情で首を傾げている。

「だって、……ティーナを私と同じように弄《もてあそ》ぶつもりでしょう」

「……は？」

まさか困惑《こんわく》されるとは思ってもみなかったアメリアは、ザッと血の気が引いた。

「違うの？　もしかして本気だった？」

ジョシュアは本気で妹を口説《くど》こうとしているのだろうか？

ティーナはあんなにもかわいらしくて、天使のように思い遣《や》りがあって優しいのだから当然なのかもしれない。アメリアの目の奥が、じん……と熱くなる。人の恋路を邪魔するような真似をしてしまった。

ジョシュアとティーナは想い合っているのだ。姉であるアメリアは、祝福しなければならない立場だというのに、なんて間違いをおかしてしまったのだろうか。

「そ、それならいいの……。妹のこと、よろしくお願いします」

頭を下げて立ち去ろうとするアメリアの腕が摑まれ、もとに座っていた場所に強引に戻されてしまう。

「なにをするの⁉」

動揺に声を上げると、ジョシュアが真剣な眼差しで尋ねてくる。

「ところで君は、ティーナが誰を好きか知っているのか」

今さらなにを言っているのかと、アメリアは眉根を寄せた。

「あなたでしょう？　昨日の夜。柱時計のほうを指さして、優しい人だと言っていたもの。一緒にいらっしゃったグスタヴス様ではないわ」

そんなことを言わせないでほしかった。吐息がかかるほど近くに、ジョシュアの顔が近づいてくる。アメリアは緊張のあまり呼吸が止まりそうだった。

「優しい……ねえ？　君はそんな風《ふう》に僕のことを思ってくれていたのか。とても嬉しいよ……そうだとも、彼女は僕のことが大好きなんだ」

クスクスと胡散臭《うさんくさ》い笑みを浮かべて、ジョシュアが呟く。

彼の楽しそうな表情と言葉に、アメリアは胸の奥が締めつけられていくようだった。

今すぐ邸に逃げ帰り、ベッドに突っ伏したい。それなのにジョシュアは、逃がさないとばかりにアメリアの身体を抱き締めてくる。

「もしかして、僕が君の妹に手出ししないなら、代わりに君が僕のものになってくれるという交換条件を申し出に来てくれたのかな。なんて素晴らしい自己犠牲《ぎせい》の精神だ！　さすがは、唯《ゆい》一無二《いつむに》の僕の天使アメリアだね」

確かにティーナに手出しをしないでくれるなら、なんでもするつもりでここに来た。しかし、本気でジョシュアがティーナのことを考えているのならば、話は別だ。

「私をからかわないで。そんな言い方はやめてちょうだい。……悪いけどそんな申し出は聞けない。妹の好きな相手と関係なんて持てないわ」

「僕はからかってなんていないよ。本気だと言っているのに。疑い深いな」

やはり、ジョシュアは遊びではなく、ティーナと結婚を考えているのだろうか。

「それなら、私の妹を大切にして」

アメリアの震える身体を抱き締めてくる、ジョシュアの腕を振り解《ほど》きたいのに、できない。

「僕は君が手に入るなら、ティーナが誰のもとに嫁《とつ》いでも構わないんだけどね」

愛おしげに首筋に口づけされ、身体に痺《しび》れが走る。

「そんな生半可《なまはんか》な気持ちで、妹に手出ししないで！」

不誠実なジョシュアに、気持ちを弄ばれたことを知ったら、ティーナはどれほど悲しむだろうか。――やはり彼には妹を任せられない気がした。

「じゃあ、姉君の自己犠牲の精神を尊重して、君を手に入れようか。それで、君は妹の代わりに僕になにをしてくれるつもりだい」

まるで身に纏《まと》う香水を変えるかのように、ジョシュアは気軽に尋ねてくる。

ひどい男だ。

どうしてこんな男を、自分はいつまでも忘れられずにいたのだろうか。その上、幻滅《げんめつ》したいと願っている今ですら、彼の腕に身を投げ出してしまいそうだった。

「……昔みたいに政務の手伝いとか……」

あまりの愚《おろ》かさから、自己嫌悪に泣きそうになりつつも、アメリアは控《ひか》えめな声で答える。

「いいよ解った。君は僕のありとあらゆる手伝いをしてくれる。その代わりに、僕は君の妹に一切手を出さない。これでいい」

ジョシュアは簡単にそれを了承した。アメリアは内心、もっと卑怯《ひきょう》な交換条件でも出すつもりなのではないかと警戒していたのだ。

「本当に約束を守ってくれる？」

拍子《ひょうし》抜けしながらも、アメリアは念を押した。すると、ジョシュアは大仰《おおぎょう》に両手を拡げてみせる。

「もちろんだ。僕との約束を破って、五年もの間、国外まで逃亡するような君とは違うよ」

——五年前の約束。

それは、ジョシュアが勉強と称してアメリアの腕を縛りつけたときのことだ。目隠しをされて、彼に身体を弄《いじ》られた後、『今夜、部屋に行く。……それまでに心の準備をしておいてくれ』と一方的に告げられた言葉のことだ。

「……あれは約束したわけじゃないわ。……あなたが勝手に言い出しただけで……」

ジョシュアに弄《もてあそ》ばれることを苦痛に感じていたアメリアは、その宣言に怯《おび》えて、彼の手が届かない隣国アルヴァラ王国にまで逃げてしまったのだ。

「君は否定しなかった。約束は約束だ」

そういうものなのだろうか？

男性と付き合ったことのないアメリアには、いまだ男女の関係や心の機微《きび》というものが計り知れない。

「ごめんなさい」

だからつい、ジョシュアに対して謝罪してしまう。すると彼は呆れた様子で、ふっと溜息を吐く。

「そこで謝るから、悪い男につけ込まれるんだよ。……アルヴァラ王国で君は、まるで修道女のように慎《つつ》ましやかに生活していたみたいだけどね」

「そ、そんなことを、どうしてあなたが知っているの」

五年も母国を離れていたのだ。どんな生活を送っていたかなど、ジョシュアに解るはずがないはずだ。

「僕にはたくさんの友達がいるからね。君の行動なら、どんな些細《ささい》なことでも知っているよ」

アメリアは信じられない言葉に唖然《あぜん》とする。彼の手の届かないところへと逃げたつもりでいたのに、住んでいる場所を知られているだけではなく、生活まで知られてしまっていたらしい。

だが、思い返しても、ジョシュアの知り合いらしき人間など見当もつかなかった。

アルヴァラ王国での生活を思い返していたアメリアに、ジョシュアはニヤリとした笑いを向けてくる。

「どこに逃げても無駄《むだ》だと言ったよね？　さあ、君が約束した手伝いは今夜からだ。大人しく僕の言うとおりにしてもらうよ」

　ジョシュアの笑いに、アメリアは嫌な予感を覚えていた。

＊＊　＊＊　＊＊

　化粧室の鏡に映った自分の姿を見つめながらアメリアは、深い溜息を吐《つ》いた。

　ジョシュアが手伝いと称してアメリアを連れてきたのは、彼の母方の叔父《おじ》であり、グスタヴスの父でもある公爵《こうしやく》の誕生日を祝う晩餐会《ばんさんかい》だった。

　公爵は若い頃に、膝《ひざ》を壊してしまったという名目で、誕生日に大がかりな舞踏会はせず、毎年晩餐会だけを催《もよお》しているらしい。だが本当は、公爵がダンス嫌いであること、そしてジョシュアの誕生日と日が続いているため、皆の疲労を憂慮《ゆうりよ》してだと、この城に向かう途中に教えてもらった。

「本当に……こんな格好で？　……」

　だが、アメリアは公爵家に着くなり、緊張のあまり化粧室に飛び込んだのだ。そして、化粧や髪型を直す振りをしていた。しかし、いつまでもこうしているわけにはいかない。

　仕方なく晩餐会の行われる大広間の前室に向かう。すると、廊下にまで談笑する貴族たちの笑い声が聞こえてくる。

思わず足を止めた。こういった集まりは苦手だった。

ふたたび化粧室へと逃げだしたくなるのを堪《こら》えて、扉を潜《くぐ》った。すると、王族や公爵、そして侯爵《こうしゃく》たちの視線がアメリアに集まる。

それらはすべて意味深な視線で、居たたまれない。俯《うつむ》きながら壁際に進もうとすると、侯爵のひとりがアメリアの前に立ち塞《ふさ》がる。

「これは美しいお嬢さんだ。名前を伺《うかが》ってもよろしいですかな」

その男をきっかけにして、アメリアは周囲を王族や貴族たちに取り囲まれてしまう。

「……あの……、私は……」

戸惑《とまど》いながらアメリアが名乗ろうとしたとき。

「アメリア・コーラル。カーズ伯爵《はくしゃく》のご令嬢だよ。もうすぐ、私の花嫁になる人だ」

軽やかなのに、どこか威圧《いあつ》するような棘《とげ》を含んだ声で告げたのは、ジョシュアだった。すると、アメリアの周りを取り囲んでいた男たちが、ジョシュアに媚《こ》びへつらいながら距離を取る。

「この方が、ジョシュア殿下が待ち焦《こ》がれていらっしゃった深窓《しんそう》のご令嬢でしたか。お目にかかれて光栄ですよ」

最初にアメリアに声をかけた侯爵が、挨拶《あいさつ》をしようと彼女の手を取ろうとした。

だが、ジョシュアがその前に立ち塞がってしまう。

「悪いけど。僕は嫉妬《しっと》深くてね。アメリアに他の男が触れるのも、話しかけるのも、視界に入れるのも赦《ゆる》せないんだ。遠慮してくれないか」

アメリアは唖然としてジョシュアを見上げた。その間に、周りにいた人たちはみんな潮が引くかのように去っていった。

「あなたが馬鹿な冗談を、真面目《まじめ》な顔で言うから、皆が本気にしたじゃない」

恥ずかしくなったアメリアは、ひとり窓際のほうへと逃げて行った。ジョシュアはすぐに彼女を追ってくる。

隅《すみ》に追い詰められる格好で、アメリアは窓ガラスに映った自分の姿を見つめた。化粧室で鏡を見たときと同じように、思わず深い溜息が洩《も》れる。

彼女は花嫁とも見紛《みまご》うような純白のドレスを身に纏《まと》っていた。これは、ジョシュアがアメリアのために用意させたドレスだ。ドレスには美しいパールや精緻《せいち》なレースがふんだんに飾られており、ネックレスや靴までひと揃《そろ》いにされている特注のものだ。アメリアはそんな自分の姿が居たたまれなかった。

こんな姿をしているのでは、ジョシュアが先ほど告げた花嫁になる相手だという言葉が、真実であると勘違いされるに違いない。

「今日のドレス、とても似合ってる。すごく綺麗《きれい》だ」

アメリアの気持ちも知らず、感嘆の声を上げたジョシュアが、背後から腕を回して、ぎゅっと抱き締めてくる。

「……こんな格好《かっこう》、おかしいと思うの」

だが、ジョシュアはお構いなしだ。アメリアが髪をきっちりと纏めているせいで、無防備になっている項《うなじ》に、彼はなんどもキスしてくる。

「だめ。……こんなことをしていたら、皆にもっと誤解されてしまう」

焦《あせ》ったアメリアが必死に身体を揺らして、逃れようとした。だが、ジョシュアはクスクスと笑いながら唇を這《は》わせ続けていた。

「誤解って？　君は僕だけのものだと、奴《やつ》らに知らしめているつもりなのに」

ジョシュアは彼の髪のような美しいピジョン・ブラッドのブローチで首元の白いスカーフを留めて、袖口や襟を深紅《しんく》のラインで縁取《ふちど》り、金の肩章や襟章のある丈長の豪奢《ごうしゃ》な漆黒《しっこく》の衣装を身に纏っていた。王子として相応《ふさわ》しい凜々《りり》しくも豪奢な衣装だ。しかし、アメリアと隣に並ぶと、まるで今から結婚式でも行うかのように見える。

「ジョシュア殿下」

しかし、そんなふたりの後ろから、本日誕生日を迎えた件《くだん》の公爵が声をかけてくる。

「叔父上」

ジョシュアとアメリアが誕生日の祝いの言葉を述べると、公爵は機嫌良さそうに話し始めた。

「この方が、殿下のおっしゃられていた婚約者殿ですかな」

アメリアは咄嗟《とっさ》に声を上げそうになってしまう。ジョシュアと婚約などした覚えはない。

もしやジョシュアには、自分の他にそんな相手がいるのだろうか。

「そうだよ」

しかし、ジョシュアは平然と答えて、アメリアに頬《ほお》を擦り寄せた。

「アメリアとは今月中に結婚するつもりでいるよ。僕は今すぐでも構わないんだけどね。まだ焦《じ》らされてるんだ」

笑えない冗談は止《よ》してほしかった。ジョシュアがそんなことをするわけがない。しかしジョシュアはさらに、愛おしげにアメリアのホワイトブロンドに口づけてきた。

「これだけ魅力的な女性なら、五年もの月日を待たれたのも無理はありませんな。あまりにグスタヴスばかり側においていらっしゃるので、儂《わし》はてっきりそちらの道に走られてしまったのかと内心ヒヤヒヤしておりましたぞ」

はははと、豪快に笑いながら、公爵は冗談を口にする。

「グスタヴスとは、利害関係が一致していたからね。潔癖性《けっぺきしょう》で辛辣《しんらつ》な彼の側にいれば、女が近寄って来なくて便利だ。それに空気を読まずに話しかけてくる奴は、グスタヴスと話して無視すればいいだけだったし……。アメリアが手に入るなら、五年ぐらいたやすいものだよ」

「五年……って……、いったい……」

アメリアにはさっぱり意味が解らない。すると、公爵が説明を始める。

「ご存知ないのか？　これは愛らしいお顔に似合わず、つれないお方だ。ジョシュア殿下は、婚約者以外とは結婚するまで触れるつもりはないと宣言なさって、令嬢たちとのダンスすら断っていらっしゃったのですぞ。初めは皆、ご冗談だとばかり考えていたのだが、まさか本当に実行なさるとは。このままではお世継ぎがどうなるのかと、国王もほとほと手を焼いておいでで……」

五年前、アメリアはジョシュアに対して、いつも女性を侍《はべ》らせている男性は信用できないと、プロポーズを断った。

まさかそのせいで、彼はそのような大それた真似をしたのだろうか。王子の身で、女性をまったく寄せつけないなど、あり得ない話だ。きっと国王や王妃も心配されていたに違いない。

「なんてばかなことを……」

呆然《ぼうぜん》とするアメリアを、ジョシュアは愛おしげに抱き締めてくる。

「……アメリアに僕の潔白《けっぱく》を信じてもらうためだって言ったよね。まさか五年も待たされるとは考えていなかったけど」

ジョシュアはそう言って、大げさな溜息を吐く。

「果報《かほう》は寝て待てと言いますからな」

神妙な顔をして頷く公爵に、ジョシュアは聞き捨てならない言葉を告げる。

「僕は大人しく寝てるだけじゃなくて、……いろいろやったけどね。ふふ。楽しかったな」

「それはそれは。ジョシュア殿下は父君に似て、やり手でいらっしゃいますな」

侯爵は豪快に笑ったあと、他の来客にも挨拶をするために立ち去っていく。

「なにをしたの……。私に……」

小声でジョシュアに耳打ちすると、ジョシュアはとぼけてみせる。

「なんのこと？」

彼は、アメリアの後れ毛を指に絡ませ、頬やこめかみにキスを繰り返していた。

これでは恋人同士というよりは、結婚して間もない夫婦のように見られてしまう。

アメリアが顔を背《そむ》けながら辺りを覗《うかが》うと、年配の貴族たちが微笑ましそうにこちらを、見つめていた。羞恥《しゅうち》から、アメリアの身体がかぁっと熱くなる。

「なにをしたのか、ちゃんと話して」

ジョシュアを追及すると、彼は悪戯《いたずら》に笑って、唇にキスをするふりをした。

「君からキスしてくれたら話してあげてもいいよ？　もちろん唇にだけど」

話を聞かせてもらう対価に、男性にキスをするなんて、そのような淫《みだ》らな真似がアメリアにできるわけがなかった。

「しないわ！　そんなこと」

ムッとしながらジョシュアを睨《にら》みつける。すると、ぐいっと強く腰を引き寄せられた。

「僕に君のすべて捧げてくれたなら、別れる以外は、どんなことでもしてあげるのに。相変わらず無欲だね。欲しい物はない？　もしも、僕を跪《ひざまず》かせて足にキスしてほしいなら、そうしてあげるけど」

「……へ、変なこと言わないで。そんなことしたら、嫌いになるわ」

アメリアには倒錯《とうさく》的な趣味などない。ジョシュアを跪かせる自分など、想像もできなかった。

「じゃあ、なにしてほしい？　思いつくだけでいいから言って」

そんなことを言われても、困ってしまう。アメリアは、最近起きたことを思い返してみる。

すると、彼に対してひとつだけ、どうしても叶えてほしい願いがあった。

「……お菓子を……」

しかし、これを口にするのは躊躇《ためら》われた。彼の好意を無にするかもしれないからだ。

「お菓子がどうかしたの？」

アメリアは、申し訳なく思いながらジョシュアに告げた。

「あんなに食べきれないから、いちどにたくさんお菓子を作らないで。全部食べていたら、太ってしまうもの」

ジョシュアの作ってくれるお菓子はとても美味《おい》しいし、もてなしてくれる気持ちは嬉しい。だが、食べるにしても限界があるのだ。アメリアは小食のほうではない。だが、いくらなんでもあれは作りすぎだ。

申し訳なさそうに願いを口にしたアメリアに対し、ジョシュアは機嫌を損ねるどころか、楽しげに口角を上げてみせる。

「この僕がなんでもしてあげるって言ってるのに、君の願いはたったそれだけ？」

王子のジョシュアに、留学中に増えてしまった荷物の整理を手伝ってもらうわけにはいかない。だとすれば、アメリアには、他に願いなどなかった。

「簡単なお願いじゃないわ。私にとっては切実なのよ」

甘い物は好きだったが、そればかり口にしていると、今度は辛《から》いものが欲しくなる。それこそ女性が憎むべき脂肪《てき》の思うつぼだ。キリがない。

「へえ。全部食べてくれるんだ？　……それは、僕が作ったから？」

ジョシュアはますます機嫌がよくなっていく。こんなに楽しそうな彼を見るのは久しぶりかもしれない。

「自分のために作ってくれたものを、無駄にしたり、断りもなく他の人に渡したり、なんてできないでしょう」

「確かに、君にもらったものなら、誰にもあげたくないな」

彼はとても楽しそうに笑っているが、その理由がさっぱり解らないアメリアは困惑《こんわく》してしまう。

「どうして、笑ってるの？　私は本気で言っているのに」

アメリアが尋ねると、ジョシュアは彼女の頬にちゅっと音を立てて口づけた。

「僕も本気で喜んでいるつもりだけどね」

第四章　肉食獣《けだもの》の捕食

アメリアが、王族や貴族の中でも高位である公爵《こうしゃく》や侯爵《こうしゃく》ばかりの晩餐会《ばんさんかい》に足を踏み入れたのは生まれて初めてだった。そのせいか公爵家を後にする頃には、彼女はすっかり疲れ果ててしまっていた。緊張感だけではなく、アメリアを婚約者として扱うジョシュアの言動や行動に翻《ほん》弄《ろう》されていたせいもある。

そんななか、アメリアはお酒が飲めないのに、いろいろな相手に勧《すす》められて困ってしまったのだが、それを見つけたジョシュアが助けてくれたことには感謝していた。

だが、苦手なお酒は飲まずとも、充分に神経はすり減っていた。

「……ん……っ」

そのせいでアメリアは、つい帰りの馬車に揺られている最中に、眠り込んでしまう。

うつらうつらと微睡《まどろ》んでいた彼女の身体《からだ》が、温《ぬく》もりに包まれた。それと同時にぎゅっと抱き締められた。その力強い感触に、安堵《あんど》を覚える。

「……あ……」

なんだか、アルヴァラ王国の教会で居眠りしてしまった際に、包まれた毛布の感触とよく似ていた。

あれは他国で、それも質素な教会での出来事だ。今と同じところなど、なにひとつない。

それなのに酷似《こくじ》していると思うのは、夢の中を彷徨《さまよ》っているからなのだろうか。

「警戒心のない人だね。僕が君のことを好きだっていうのを忘れてるんじゃない？」

クスクスと自嘲気味《じちょうぎみ》に笑う声が聞こえる。しかし、不穏《ふおん》な言葉に反して、その声音《こわね》はとても優しい。

「危ない目に遭《あ》いたいなら、それでも構わないけど。無防備になるのは、僕の腕の中だけにしてよ。ねえ、アメリア？」

──柔らかな感触が、微《かす》かに唇《くちびる》に触れた気がした。

そして、馬車がゆっくりと停まり、アメリアの身体が浮遊感を覚える。

「殿下《でんか》、自《みずか》ら運ばれるのですか？」

「当然だよ。……それがなに？　僕のすることに文句でもあるのかい」

忌々《いまいま》しげなジョシュアの声の後、すぐに侍従《じじゅう》が怯《おび》えて謝罪する声が聞こえる。

剣呑《けんのん》とした空気の中、アメリアの意識は深淵《しんえん》に飲み込まれていった。

＊＊　＊＊　＊＊

中庭に集まった鳥たちの囀《さえず》りが、微《かす》かに耳に届いていた。

ベッドの中に入ったまま、アメリアは気怠《けだる》さを振り払うように、両手を伸ばした。

「ん……っ」

そして眠い目を擦《こす》る。

なにかいい夢をみていた気がするのに、今はそれがどんなものだったのか、欠片《かけら》も覚えてはいなかった。もっと夢の続きに浸《ひた》っていたかった気がする――。

そんなことを考えていたアメリアの腹部が、リネン越しに盛り上がっているのが目に映る。

「え？」

なにかとても温《あたた》かいものが載っていることに気づき、首を傾《かし》げる。

よく見ると、それは人の腕のようだ。

ギクリと身体を強張《こわば》らせ、目線でその腕の出所を負っていくと、なにも身につけていない男の裸体《らたい》が瞳《ひとみ》に映る。

「……ひ……ぃっ」

思わず悲鳴を上げそうになったとき。

ラズベリッシュブラウンのさらさらとした髪と、長い睫毛《まつげ》をした端正な美貌《びぼう》を見つけた。

「ジョシュアッ！」

そう声を上げて、アメリアは衝動的《しょうどう》にベッドから上半身を起こした。

「ん……。朝から元気だね。健康でなによりだよ」

ありえない状況に狼狽《ろうばい》するアメリアとは対照的に、ジョシュアは、のんびりと呟《つぶや》きながら、ゆっくりと瞼《まぶた》を開く。

「おはよう。目覚めてすぐに君の顔を見られるなんて、こんな幸せはないよ」

アメリアにとって、こんな不幸な事態は他にない。変なことを言うのはよしてほしかった。

「あなた、どうして私の隣で眠っているの⁉」

もしや昨夜、意識のないうちになにかされたのではないだろうか。

そう不安になって、自分の身体を見てみるが、昨夜のドレスを着たままの姿だ。纏《まと》めていた髪は解《ほど》かれて、豊かに波打っている。だが、嵩張《かさば》るパニエが脱がされている他には、ドレスが乱された形跡はない。

「なぜって、ここが僕の部屋だからだけど」

平然とそう言い返して、ジョシュアも身体を起こした。彼はトラウザーズを履《は》いただけの姿で、上半身にはなにも身につけてはいない姿だ。

「……きゃあっ！」

アメリアは慌《あわ》てて顔を逸《そ》らした。

「君が馬車で眠り込んでしまったから、部屋まで連れて来てあげただけだ。僕は感謝されてもいいぐらいの立場だっていうのに、まったく冷た過ぎるよね」

恩着せがましく告げられるが、アメリアは騙《だま》されるつもりはなかった。

「このお城にはいくらでも部屋があるのに、なにも同じベッドで眠る必要はないでしょう!? どういうつもりなのっ」

「内鍵をかけられない状態の君を僕が放っておけるわけがないだろう。だから、玄関ホールから、三階のここまで運んだんだ。これだけ苦労したんだから、一晩中、君の身体をまさぐって、愛らしい唇にキスするぐらいの役得がないと割が合わないよ」

無防備な寝姿に、そんな真似をされていたのだと想像してしまったアメリアは、激高《げっこう》して耳まで真っ赤になった

「……な、な、なに言って……っ。やぁ……」

ジョシュアは当然のように言ってのけるが、王城の玄関ホール近くにも、確かゲストルームはいくつも並んでいたはずだ。眠り込んでしまったせいで、重くなったアメリアの身体を、三階まで運ぶ必要性は感じられない。一階の適当なゲストルームに寝かせておけばいいだけだ。

そして、外から鍵をかけてくれたら、危なくはない。ジョシュアが隣にいるほうが、よっぽど危険な気がする。

「寝ている女の子にそんな恥知らずなことする男の人なんて、最低よ」

だがジョシュアは、嘲《あざけ》るように笑ってみせるだけだ。

「本当に僕が最低の男なら、君の処女膜《しょじょまく》は昨夜のうちに破られて、今頃ベッドの隅《すみ》で泣いているはずだよ。そうは思わないか」

「……っ！」

アメリアは生々《なまなま》しい言葉に息を飲む。そして返す言葉がなかった。確かにその通りだ。家族でもない異性の前で、無防備に眠り込むなんて、淑女《しゅくじょ》としてあるまじき行為だ。

父が耳にすれば、幻滅《げんめつ》されて、二度と邸から出してはもらえなくなってしまうだろう。

俯《うつむ》いてしまったアメリアを慰《なぐさ》めるように、ジョシュアは額《ひたい》に口づけてくる。そして言った。

「ああ、もうこんな時間か、政務をしなくては。支度をする時間をあげるから、着替えて用意しておいで」

そうしてアメリアは、五年前にもあてがわれていたゲストルームを、ふたたび使うことになった。

＊＊　＊＊　＊＊

アメリアがお風呂で汗を流し、着替えを済ます頃には、侍女《じじょ》が朝食を用意してくれていた。

今日の朝食は、搾《しぼ》りたてのミルクと、オレンジジュース。たっぷりのフルーツサラダと、ベーコンエッグ、そしてクルミの入ったロールパンと、卵とほうれん草のキッシュだ。薫《かお》り高い上質の茶葉で淹《い》れられた琥珀《こはく》色の紅茶が、侍女の手でカップに注がれる。その匂いに誘われて、アメリアが席に着こうとしたとき。

ふと、窓の外に広がっている中庭を、彼女の見知った顔が歩いていることに気づく。

――妹のティーナに結婚の申し込みをした伯爵子息のロブ・ディセットだった。

ロブはなにか思い悩むことがあるのか、中庭を歩きながら深い溜息を吐いている。今にも命を絶つのではないかと不安になるほど、絶望した表情だった。そして彼は、以前アメリアとふたりで話したことのあるベンチに腰かけると、絶望したように伏せた頭を抱えた。

「ロブ、どうかしたの？」

窓を開けてアメリアは、三階の窓から彼に手を振ってみる。

規律の厳《きび》しい王城なので、あまり大声も出せない。こんな小さな声では、気づかないかもしれないとも考えていた。だが彼は、ぱっと勢いよくアメリアを見上げると、まるで何十年ぶりかに会う友達が船で航海を終えて戻ってきたかのように、こちらに向かって大仰《おおぎょう》に手を振ってくる。そしていきなり、どこかへと駆け出してしまったのだった。

「……どうしたのかしら？」

ロブの行動は理解できなかったが、元気になったのはいいことだ。そう思いながら、窓を閉めると、用意された朝食に向かおうとした。しかし、そこにロブが駆け込んでくる。

「アメリアッ！」

ノックもなしにいきなり開いた扉に、アメリアは目を丸くした。

「どうしてお前は、またこんなところに出入りしているんだ⁉　俺は昔、なんども忠告しただろうっ」

久し振りに会ったロブは、口髭《くちひげ》を生《は》やしていて昔に比べるとなんだか大人びていた。五年も経ち、ロブと同じ年頃のジョシュアもあんなに立派になっていたのだから、当然かもしれない。彼の顔を見つめていたアメリアが、思わずふふっと笑ってしまう、するとロブは惚《ほう》けたように凝視してくる。

「どうしたの？」

こちらを見つめながら、ロブが次第に顔を赤くしていく。急激に走ったせいで、身体が熱くなっているのだろうか。そういえば、彼の息も乱れている気がした。

「い、いやなんでも……」

口籠《くちご》もりながら、そう言い返すとロブは、気まずそうに顔を背《そむ》けた。

「ロブったら久し振り会ったのに、相変わらず不思議な人ね」

侍女に彼の分の紅茶も用意してもらうと、アメリアは彼に謝罪した。

「ティーナのこと、ごめんなさい。また心が決められないみたいなの。返事はもう少しだけ待ってあげて？」

するとロブはこちらに向き直って、痛いぐらいにアメリアの手を握ってくる。

「誤解なんだっ！　アメリア。……お、俺は……」

しかし、彼がなにごとかを告げようとすると、侍女がナプキンを手に彼に近寄った。

「ディセット様。紅茶が零《こぼ》れてしまいました。お拭き致します」

ロブは口にしかけた言葉を飲み込み、さらに真っ赤になってしまっている。

「そんなに怒らないで。……こういうことは、お互いの気持ちが大事だと思うの。……だから、急《せ》かしたりしないで？」

彼の瞳《ひとみ》をじっと見つめながら、アメリアがお願いすると、彼はブンブンと大きく顔を振って頷《うなず》く。こんなに動揺するほどティーナのことを想ってくれているのだ。そう考えるとアメリアは申し訳なさに、心苦しくなってくる。だが、人の気持ちだけは、どうしようもない。そして、口を挟むわけにもいかない。

アメリアは、妹ティーナの想い人であるジョシュアに、これ以上は心を揺さ振られないように、もっとしっかりしなければと、自分に言い聞かせる。

「あなたもキッシュをいただかない？　確かお好きだったわよね」

せめてロブの気が急かないようにと願いながら、アメリアは彼をもてなし、お茶や軽食をすすめた。

＊＊　＊＊　＊＊

王城へ商談に来ていたらしいロブとの話を終えて、アメリアはジョシュアの執務室に向かう。

だがまた少し時間が遅くなってしまっていた。アメリアは、急いで歩を進めながら、ジョシュアがが機嫌を損《そこ》ねていないようにと願っていた。

だが執務室の扉を開くと、拍子《ひょうし》抜けすることに、そこにジョシュアの姿はなかった。

「ジョシュアはどこにいるのか知らない？」

側近のひとりに尋《たず》ねる。すると、不機嫌な様子で自室に向かったまま、戻らないという返事があった。まさかアメリアが遅くなったせいで、拗《す》ねてしまったのだろうか？

「すぐに帰ってくるかしら……」

アメリアは仕方なく自分でできる範囲の仕事をこなした。それも終えると、執務室の片付けや掃除を始める。だが、ジョシュアの卓上に決裁しなければならない書類が次々と貯《た》まっていくのが見えた。このまま放っておくわけにはいかないだろう。

仕方なくアメリアは、様子を見るため、同じ棟の三階にある彼の部屋へと向かった。

「ジョシュア、ここにいるの？」

扉をノックするが返事はない。部屋の前には近衛兵《このえへい》が立っていて、ジョシュアは部屋から出ていないため、確実に室内にいるはずだと教えてくれる。

「入るわよ」

ジョシュアは王位継承権第一位の王子で、彼の機嫌を損ねては、通常なら処罰の対象になってしまう。そのせいか了承《りょうしょう》もなく入室しようとするアメリアに、近衛兵たちがぎょっとした様子になる。だがとめることはしなかった。ジョシュアが彼女を特別扱いしていることを、知っているからだ。アメリアはそのまま室内へと入っていった。

広い部屋を見渡すと、中には誰の姿も見えない。

バスルーム、書庫と、続きの部屋を見てみるが、そこにジョシュアの姿はなかった。そして最後に寝室に向かう。

「ジョシュア？」

扉を開けると、暗い室内で、ベッドに腰かけているジョシュアの姿を見つけた。彼はグラスになにかを注いで、それを呑《の》んでいる様子だ。

王城内は、こうしてカーテンを閉め切った部屋で、蠟燭《ろうそく》を点《つ》けて生活する風習が、慢性《まんせい》化しているのだ。太陽の光は、確かに美しい布地の色を褪《あ》せさせる。だが、健康や健全な精神を保つためにも、できる限りは、ちゃんと光を浴びて生活すべきだとアメリアは考えていた。

「なにをしているの？　政務が滞《とどこお》っているわよ」

アメリアがジョシュアに声をかけて、カーテンを開く。すると、眩《まぶ》しそうに瞳を細めた彼が意味ありげな笑みを向けてきた。

「遅かったね。ずっと待っていたのに」

「こんなところで私を待たないで。早く執務室に行って」

ジョシュアとここで待ち合わせをした覚えはない。彼はなにを言っているのだろうか。

「おいでよ。アメリア」

なにか嫌な予感がした。向けられる眼差《まなざ》しが、どこか蜜《みつ》と毒の両方を孕《はら》んでいる気がしてならない。

アメリアはカーテンを背に、身体を萎縮《いしゅく》させながら、微《かす》かに首を横に振る。だがジョシュアはもういちど、同じ言葉を告げた。

「……早く、僕の隣においでよ」

言いなりにならなければ、罰を与えるといわんばかりの声だ。

どこか陰湿な声音《こわね》に、ブランシェス王国から、そしてジョシュアのもとから逃げだした五年前と、自分たちの関係はなにひとつ変わってはいないのだと、思い知らされてしまう。

「どうしたの？　震えているみたいだけど。これでも飲んで緊張を解《ほぐ》したら？」

アメリアはグラスを持たされ、茶色い瓶《びん》に入った飲み物がそれに注がれる。

中からはジョシュアの髪のような、ルビー色のトロリとした液体が入っていた。

グラスからは、甘酸《あまず》っぱくて美味《おい》しそうな匂いがする。

「ありがとう……」

晩餐会でもお酒の飲めないアメリアを、ジョシュアが気遣《きづか》ってくれていたことが思い出された。そのせいでアメリアは、ルビー色の液体をジュースなのだと思い込んで一気に溜飲《りゅういん》してしまう。すると、喉《のど》の奥が燃えるように熱くなる。

「……これ……っ」

安易に口にしたことを、後悔しても遅かった。ドクドクと心臓の鼓動《こどう》が大きくなり、血流が早まっていく。そして全身の体温が迫《せ》り上がって、ブルブルと震え始めてしまっていた。

「自分のことを好きな男の寝室で、飲酒するなんて、相変わらず無防備だねアメリア。それとも、僕に抱いてほしいっていうサインなのかな」

ジョシュアは、アメリアが持つグラスを取り上げてサイドテーブルに置いた。

そして、優雅な動きで、そっとアメリアを後ろから抱き締めてくる。

「……ひ、卑怯《ひきょう》……よっ」

身体が小刻みに震えていた。心臓がドクドクと鼓動を早める。それが酔いのせいなのか、動揺のせいかのかは、自分では判別できない。

吐息までもが熱くて仕方がなかった。後ろから抱き締めてくるジョシュアの腕を振り払おうとして、アメリアは懸命に身を捩《よじ》る。だが、振り解けない上に、暴れたせいで、いっそう熱が身体を蝕《むしば》んでいく。

「卑怯？　考えてごらんよ。僕は君に五年の月日を与えて待ち続け、そんな男を前に、身を投げ出して熟睡《じゆくすい》した愚《おろ》かな君を前に、一晩中お預けを喰《く》らったまま手を出さなかった。どこが卑怯なんだい」

確かにジョシュアの言う通りだ。反論のしようがない。

だが五年前、仮にもこの国の王位継承権第一位の王子であるジョシュアが、数多《あまた》の女性の誘いを振り払い、本気でアメリアにプロポーズしていたなんて、想像もできなかったのだ。てっきり弄《もてあそ》ばれているのだと思い込み、彼の誠意を疑《うたが》って逃げてしまった。そんな自分には彼に愛される資格はないように思える。

それに、五年前と今では大きく違うものがあった。天使のように優しく愛らしい妹のティーナがジョシュアを愛しているということだ。

ジョシュアはティーナに対して、『願いを必ず叶える』と誓ったのだと聞いている。

つまりは、ジョシュアはアメリアを待つことを途中で諦《あきら》め、ティーナを花嫁にするつもりだったということだ。あれから五年も経つのだから当然だろう。

それにティーナは、アメリアと違って、とてもかわいらしい女性なのだ。ジョシュアが遊びではなく、本気で心惹《ひ》かれるのも当然だ。

アメリアさえブランシェス王国に帰国しなければ、皆が幸せになれていたに違いない。

それなのにジョシュアの誠意をふたたび疑ったアメリアが、横槍《よこやり》を入れて邪魔《じやま》してしまったのだ。

間違いをすべて正すには、こんな行為をジョシュアにやめさせ、アメリアが彼らの前から消えなくてはならない。

ティーナに結婚を申し込んでいたロブには、かなり申し訳ないことになってしまう。だが、ロブは少々口が悪いところがあっても、思い遣《や》りのある人物だ。きっとすぐにいい人が見つかるに違いなかった。そう、アメリアさえいなくなれば、すべてが丸く収まる。

――それなのに。

アメリアに妄執《もうしゅう》したジョシュアは、彼女を抱き締める腕を緩《ゆる》めようともしない。

「異論はなくなったみたいだし、始めようか。アメリア。君を僕の妻にする。この王城に……いや、僕の腕の中に永久に閉じ込めて、二度と逃がさない」

そう宣言したジョシュアが、いきなりアメリアを抱き上げてベッドに運んでいく。

「……なっ、なに言って……。ジョシュア、放してっ」

そして、ガラス細工でも抱いていたかのように、そっとリネンの上に横たわらせた。

「……っ。お願い、やめて……」

掠《かす》れる声で訴える。早くここを立ち去らなければならないと解《わか》っているのに、頭がぐらぐらして、身体に力が入らない。

鼓動を早めた心臓が、身体中の熱をいっそう滾《たぎ》らせている気がした。

「なにをやめてほしいんだい？　今からどんなことをされると想像しているのか、君の口から聞いてあげようか」

人の悪い笑みを浮かべながら、ジョシュアが尋ねてくる。

「それは……」

淫《みだ》らな行為ではないのだろうか？　アメリアはベッドという場所のせいで、そう考えてしまっていたが、わざわざ聞いてくるということは違ったのかもしれない。

「……あ、あの……」

しかし、彼の瞳には欲望が漲《みなぎ》っている。やはり、ジョシュアはアメリアを抱こうとしているとしか思えなかった。

彼の意図を推し量《お　はか》れず、思考の闇《やみ》へと錯綜《さくそう》するアメリアに、ジョシュアが楽しげに尋ねる。

「……言わないでいいの？」

だが、勘違いかもしれないのに、そんな恥ずかしいことは言えない。……言えるはずがなかった。

「ぜんぶ君の考えている通りにしてあげるつもりだったのに、残念。じゃあ、代わりに僕がなにをするつもりか、教えてあげるよ」

——知りたくない。

そう答える間もなく、ジョシュアがアメリアの頤《おとがい》を摑《つか》んでくる。

心臓が止まりそうになりながら、目を瞠《みは》った。

「……まずは唇《くちびる》を塞《ふさ》いで」

愛おしげにジョシュアは囁《ささや》くと、アメリアに端正な顔を近づけてくる。そうして、熱い吐息を漏《も》らす、アメリアの果実のような唇が塞がれた。

「ん……っ」

アメリアは火照《ほて》った頬に触れてくる、ジョシュアの指先の冷たさが心地よくて、思わず頬を擦り寄せそうになっていた。だが、そんなことをしてはいけない。懸命に自戒《じかい》し、顔を背《そむ》けようとした。だが、角度を変えて、ふたたび唇が塞がれる。

「ん……」

唇が擦れる感触にすら、疼《うず》きを覚えていた。この身体は、どれほどまでに彼を求めているというのか。

アメリアは悲しくて、泣きたくなった。

「柔らかくて甘い唇を堪能《たんのう》し、小さな口の中を、僕の舌先《した》で掻《か》き回して……」

ジョシュアの長く濡《ぬ》れた舌が、ぬるぬると卑猥《ひわい》に蠢《うごめ》き、アメリアの小さな舌先を搦《から》め捕ろうとする。

「……んぅっ……、ふ……く……ンンッ」

彼の高い鼻先が、アメリアの鼻梁《びりょう》に擦れる。それだけでも、ゾクゾクしてしまって、衝動的に首を竦《すく》めてしまう。

儚《はかな》い抵抗を感じ取っても、ジョシュアは行為をやめようとはしない。生温かい舌先で、アメリアの口蓋《こうがい》や歯列を擦りつけ、ねっとりと敏感な舌の上を舐《ねぶ》り上げていく。すると喉の奥から、ゾクゾクするほど焦《じ》れた疼きが迫り上がってくる。

「く、……ンンッ、……ふ……んぅ……」

ジョシュアは艶《なま》めかしい口づけを、執拗《しつよう》にアメリアに与え続けた。そして、散々口腔《こうこう》を探った後、ようやく息を乱したアメリアの唇を放すと、からかうように呟いた。

「ほら、この先を推理してごらんよ。想像できるよね」

そんなことを言われなくても、アメリアも子供ではないのだから、想像ぐらいはできる。だが、受け入れるわけにはいかない。

力の入らない脚を動かし、真っ白いリネンをずり上がろうとした。だが、すぐにジョシュアに追い詰められてしまう。

「……そう。僕は今から、君の淫らな身体を身に包む、ドレスを脱がすんだ」

ドレスの紐《ひも》を解《ほど》き、ジョシュアは身を守るドレスを腹部のほうへと、すべて引き摺り下ろしてしまう。

「や……！」

アメリアが露《あらわ》にされたコルセットの上から、腕を回して身を守ろうとするが、手首が摑まれる。これでは隠すこともできない。

「……もしかして。自分で脱ぐほうがよかったのかな？」

痛いぐらいの強い力だった。アメリアは成長したジョシュアは、五年前よりもずっと、男らしくなったのだと思い知る。

「……ち、違うわ……っ」

怯え混じりの声で、アメリアは彼を拒絶しようとした。だが、ジョシュアは昔のように論点をすり替えようとした。

「じゃあ。……やっぱり君は、僕に脱がされるほうが好きなんだね」

「……そうじゃない……、あぁっ……んん……っ」

アメリアが否定しようとすると、ジョシュアはふたたびアメリアの唇を奪う。そして、情欲に満ちたアメシストの瞳で見据えてきた。

「……あっ！」

アメリアの身体が、戦慄《せんりつ》から強張《こわば》る。

「コルセットのホックは苦手だな。でも労すれば、じっくり君の胸を味わえるんだから、文句はいけないよね。……それに、焦《じ》らされるだけの価値は充分ある」

コルセットの固いホックがひとつ外された。アメリアは身を捩《よじ》って、彼の手から逃れようとするが、無駄な抵抗でしかない。

「……んぅ……っ、放し……っ。ふ……ぁ……っ」

肩口を揺らすアメリアをリネンに押さえつけ、ジョシュアは艶めかしい接吻《せっぷん》を繰り返しながら、前開きのコルセットのホックをひとつずつ外していく。

「放さないよ……。……いや、『放せない』かな」

ジョシュアの狂《くる》おしい囁きに、息が苦しくなる。

そうして、次第に露にされていく胸の膨《ふく》らみに、五年前のことが脳裏《のうり》を過ぎった。

──目隠しをされ、後ろ手に括《くく》られた格好で、ジョシュアに身体に触れられたときのことだ。

アメリアは、五年も経った今ですら、あのときのことを夢に見てしまっていた。生々《なまなま》しくも淫らな感触は、肌に鮮明に刻み込まれている。

今も、あの瞬間に立ち返ってしまったような気分だ。しかし、アメリアの身体には変化もあった。

「ほら、かわいい蕾《つぼみ》が見えてきた」

あの頃よりも随分《ずいぶん》と大きくなったアメリアの胸の膨らみが、彼の目前に晒《さら》されていく。

「へ……変な言い方しないで！」

薄赤い突起を花の蕾に喩《たと》えるジョシュアを、アメリアは泣きそうになりながら叱責《しっせき》する。

「ん？　さっきの言い方が気に入らない？　それなら、なんて言ってほしいんだい。……僕専用のキャンディーがいいかな？　ふふ。ねぇ。なんだかいやらしいよ、アメリア」

いやらしく聞こえるような言い方をしているのはジョシュアのほうだ。卑猥《ひわい》な言い方を望んだのはアメリアではない。

そう反論しようとしたとき――。

「わ、私は……、や……んんぅっ」

ジョシュアの唇が、アメリアの乳首を咥《くわ》え込む。

「ん。綺麗《きれい》だな。チェリーブロッサムみたいな色だね。こんなに誘ってるみたいな色と形をしているのに、見ているだけで我慢できる男なんていないよ」

そして、彼の生暖かい口腔で挟み込まれた乳首の尖端《せんたん》が、ちゅっと強く吸い上げられた。アメリアは堪《こら》えきれず喘《あえ》ぎを洩《も》らしてしまう。

「……は……っ、ん、んぁ……っ」

口腔に薄赤い突起を咥え込まれたまま、クリクリと捏《こ》ね回すようにして、ジョシュアの舌先で転がされていく。アメリアは、リネンの上で身悶《みもだ》えてしまいそうになってしまう。

「あっ……ん……っ。いやっ。舌動かさな……っ。くっ……や……んぅ……っ」

抵抗する言葉を、ジョシュアは聞き入れようとはしない。いっそう強く、クチュクチュと音を立てて、固くなったアメリアの乳首を、執拗《しつよう》に舌で嬲《なぶ》り続ける。湧き上がる鈍《にぶ》い疼きに、無意識にアメリアの腰が揺れてしまっていた。

「僕のキャンディーが、文句言っちゃだめだよ。この感じやすい突起は、僕の舌を愉《たの》しませるためにあるんだから」

囁かれる言葉の恥ずかしさに、アメリアの顔が熱くなる。

「……ふふ。かわいい」

リネンの上で悶えるアメリアの下肢《かし》に、ジョシュアの手が這《は》わされ始めた。

「かわいくなんて……ない……わ……」

それは妹のティーナにむけられるべき賛辞《さんじ》だ。アメリアには、到底相応《ふさわ》しくない。

「そうかな。僕の前ではかわいい顔をしているけど？　欲情して、身体中にむしゃぶりつきたくなるぐらいには……ねぇ？」

ジョシュアは濡れた舌先で、彼女の乳首を擽《くすぐ》った。すると、鈍い痺《しび》れが身体に走り抜けていく。性急な手つきでスカートがたくし上げられ、その間も怯える顔を興味深げに眺められる。

「……見ないで……っ」

からかわないでほしかった。アメリアが、そんな顔をしているはずがないのに。

愛らしい妹に比べて、いつもかわいげがなく、自分が本当に伝えたいことなど、なにも相手に言えずにいる。今もそうだ。何年経っても変わることができない。

「本当に身体中にむしゃぶりついていいなら、少しぐらい見ないであげてもいいかな」

アメリアはジョシュアに、こんなことをもうやめてほしくて、そう頼んでいるのだ。身体中に唇を這わすような真似をされては、『見ないでほしい』と言った意味がなくなる。

「……い、意地悪……」

肩口を揺らしながら訴《うった》えた。だが、ジョシュアはそんなアメリアを、色気を帯びた瞳で見つめてくる。辱《はずかし》められているような気分に陥《おちい》るぐらいの淫らな眼差しだ。

「君をかわいがっているって、伝えただけなのに。……ひどいね」

そうしてドロワーズの上から、秘処をなんどもまさぐられ、ジクジクと焦れた疼きが這い上がってくる。

「なんだか、ここが湿ってる気がするけど？」

ドロワーズの薄い布地に染みが広がっていた。淫らな蜜《みつ》が秘された場所を濡らし、それが染み出しているせいだ。

自分でも嫌というほど解っていた。だが、アメリアは気恥ずかしさから、認めることができない。

「知らない……っ、違うの……、それは……。……あ、汗を掻《か》いたから……」

身体が熱くなってしまったせいで、肌はしっとりとしていたが、びしょ濡れになるほど汗を掻いているわけではない。懸命に誤魔化そうとするアメリアに、ジョシュアはさらに追及してくる。

「こんなところだけ汗を掻いたの？　不思議だね。どうしてなのか、無理やりにでも解明したくなるよ。……ここを直接、舌で舐めたら正体がわかるかな。アメリアはどう思う？」

微かに口角を上げて、ジョシュアが赤い舌を覗かせる。濡れて卑猥に蠢《うごめ》く器官を目にしたアメリアの頬は、いっそう熱を上げてしまう。

「……や……っ、もうやめて……っ」

彼を拒絶しようと、アメリアはぎゅっと太腿を閉じ合わせる。ジョシュアは、大切な妹の好きな相手なのだ。こんなことはしてはいけない。そう懸命に自分に言い聞かせて、身を守ろうとしていた。

「いやだね。どれだけ嫌がっても、僕は君を抱くよ」

だが、ジョシュアはきっぱりと宣言した。そして、ベッドのスプリングを軋《きし》ませ、ヘッドボードに並べられていたクッションへと凭《もた》れた彼に、アメリアは後ろから抱えられる格好で羽交い絞めにされてしまう。そのまま、ドロワーズの紐が解かれ、下肢《かし》が露にされていく。

「ジョシュアッ」

強引な行為に目を瞠る間にも、薄い茂みが空気に晒される。

「あまり暴れると、もっと酔いが回るだろうから気をつけて。……さっき君が飲んだお酒は、ラズベリーシロップで味付けしていたけど、ベースはウォッカだから」

それは、火を灯《とも》せるような強い酒だ。女性が口にできるものではない。ただでさえ、アメリアは酒が飲めない身体だというのに。

「……そんなもの……、飲ませるなんて……」

驚愕《きょうがく》したアメリがが批難すると、悪びれもせずに、彼は鼻先で笑ってみせた。

強引に脚が開かれ、下肢の中心に長い指が這わされていく。

「や……っ、やぁ……」

熱い吐息を漏らしながら、ジョシュアの腕を振り払おうとする。だが、やはりか弱い女性の力では、彼に敵《かな》うわけがなかった。

「そう、君は卑怯な男に初めてを奪われ、そして身も心も拘束される羽目になる。すべて自分の愚かさが招いた結果だ」

低く艶《つや》を帯びた声で、耳元に囁かれた言葉に、ゾクリと震えが走り抜ける。

「……あ、…ジョシュア……、やめて……」

そして、片手で胸の膨らみが摑まれ、もう一方の手で、秘裂が嬲《なぶ》られ始めた。

「……は……っ、放し……」

アメリアは眉《まゆ》を顰《ひそ》めて悲痛な面持《おもも》ちで訴える。しかし、淫らな手つきで胸が揉《も》まれ、濡れそぼった媚肉を辿《たど》られると、ビクビクと身体が跳ねてしまう。

「相変わらず感じやすい身体だ。ほら、アメリアは僕の指で、乳首擦られるのが好きだよね。口で吸われても蕩《とろ》けそうな顔をしているけど、こうされるのも好きだろう？」

淫らな言葉を投げかけられ、アメリアは波打つ髪を揺らして、必死に首を横に振る。

「そ、そんなこと……思ってないっ」

だが、上気した肌と感じた身体が、いっそう熱を迫り上げる。そのせいか苦しさに息が乱れてしまっていた。

「……はぁ……っ、ん……ふ……」

ぬるぬるとした蜜を擦りつけるように、ジョシュアの指が震える膣孔や淫唇を嬲っていく。

強弱をつけた淫らな手つきに、身体の奥底からジクジクとした疼きが迫り上がってくる。

快感に苛《さいな》まれたアメリアは、焦れたように足の爪先でリネンを掻いてしまう。

「ふ……っ、ん、んんぅ……。……や、やぁ……っ。いやなの……」

感じやすい淫唇を指先で抉られると、衝動的に声を上げそうになった。だが、それを寸前で堪える。アメリアはヒヤシンス色の瞳を涙で潤ませ、後ろを振り返ろうとしながら懇願《こんがん》する。

「も……放し……っ」

しかし、ジョシュアの手は止まらない。

「乳首を触れられることが好きじゃないのに、どうしてこんなにも濡《ぬ》れてるんだろうね」

クリクリと指の先で淫唇の奥に秘された花芯を探り当て、包皮を剝くと鋭敏な突起を、執拗《しつよう》に嬲り始める。そして、もう一方の手でいやらしく胸を揉み上げながら、固く尖った乳首を抓《つま》み、感じやすい側面を指の腹で擦りつけていく。

「あっ、んぁ……ンッ。……そ、そこ、触らな……でぇ……っ」

大きく肩口を揺らし、アメリアが身体を揺らすが、後ろから腕を回されているため、逃れられなかった。ただ与えられる愉悦《ゆえつ》に身悶《みもだ》えながら、声を上げるしかできない。

「乳首を弄られるのが好きじゃないなら、後は……キスだけで感じたか、僕がドレスやコルセットを脱がしたせいで興奮したってことになるけど。どちらにしろ……そんなに僕が好き？　って聞きたくなるよね」

キスだけで感じたり、肌を露にされて興奮したりするなんて、アメリアがまるでジョシュアに抱かれることを望んでいたかのようだ。

「んぅ……く……っ、ひぃ……ンンッ！」

そんな言いがかりをつけられて、おとなしく認められるわけがなかった。

アメリアは美しく波打つホワイトブロンドを左右に揺らしながら、彼の告げた言葉を否定しようとした。

「好きじゃな……んんぅ……っ」

だが、その声を遮るように、ふっくらと膨《ふく》れた花芯が、強く指で捏ね回され始める。

「そこ、だめ……。いや……いやぁ！」

快感が強すぎて、痛いぐらい反応してしまう場所だった。そんな秘部を巧みな動きで弄られては、おかしくなってしまう。

「も、……もう……、触らないで……っ」

アメリアが苦しげな声で訴えかけるが、ジョシュアは聞き入れようとしない。

「どうして？　ここを弄られるのが、好きだったよね」

　ジョシュアは、アメリアの固く尖《とが》った乳首と、淫らに震える花芯を同時に嬲ってきた。そして、汗ばむ首筋を悪戯《いたずら》に吸い上げてくる。

「……ち、違うわ。……あ、あぁぁっ……っ。も、……もてあそば……ないで……。私は、あなたの……、玩具《おもちゃ》じゃな……」

　後ろから回された彼の腕が肌に擦れる感触にすら、激しく反応してしまっていた。

　背中に触れる彼の温もりに、いっそう胸が締めつけられる。

　こんなにも受け入れがたい状況だというのに、激しく反応してしまう。それが、酒の酔いで熱が上がっているせいなのか、それとも、気が高ぶってしまっているせいなのかは、アメリアには解らない。

「遊んでなんていないよ。本気なのに、まったくひどいな。……君は僕のことを誤解し過ぎだ」

　アメリアの言葉が気に入らなかったとばかりに、透けるように白い首筋に、後ろから痛いぐらい吸いつかれてしまう。

「痛っ……っ、や、やぁ……」

　肩口を竦《すく》めながら、逃げようとする身体が、強く抱えられた。そして、濡れそぼった膣孔を開いて、彼の骨張った長い指がヌブヌブと押し込まれていく。

「ほら、この奥だって」

熱く震える粘膜を擦りつけながら、穿《うが》たれる指の感触に、ゾクリと痺《しび》れが走った。

「んんぅっ！　や……っ、抜いて……」

上気した肌を震えさせ、アメリアはジョシュアの指を拒もうとする。

「僕は本気で、君の身体の中に入りたくてしょうがないんだよ。……気が急《せ》いてしまって、強引な真似をしたくなるぐらいにはね」

力尽くにねじ伏せてでも抱くという宣言に狼狽《ろうばい》したアメリアは、悲痛な声を上げた。

「いや……っ、いやぁ……。ジョシュア……やめて……」

懇願し続けるアメリアに、ジョシュアが優しく囁く。

「ひどいことはしないよ」

しかし、発せられた言葉とは裏腹に、強く鋭敏な花芯が抉られた。

「ひィッ…………んんっ！」

弱い場所を嬲られ、アメリアは身体を萎縮《いしゅく》させた。これ以上、強くされたら、泣き出してしまうに違いなかった。

嫌だと思っているのに、感じすぎて、なにか恐ろしい闇に飲まれてしまいそうな不安に囚《とら》われてしまう。

「僕がどう抱くかは、君次第だ。……悪いけど、君が泣こうが喚《わめ》こうが、僕はやめるつもりはないんだ。逃げようとして酷い目に合うより、協力したほうがいいよ」

アメリアの涙の溜まった眦《まなじり》に口づけ、ジョシュアはそう言って聞かせる。

「……怖い……の……、もう……、やめて……っ」

穢《けが》れを知らなかった身体が、ジョシュアの手の中で、淫らに作り替えられていく。無理やり花の蕾《つぼみ》を開かせるような彼の手淫《しゅいん》が恐ろしくて、アメリアはここから逃げだしたくて堪らない。

それなのに、熱を帯びた媚肉が、もっと彼の手に擦りつけられたいとばかりに、じくじくと疼いていた。これほどまでに辱《はずかし》められているというのに、ひどく興奮してしまっている自分が、心の奥で強く彼を求めてしまっている。

「どうせなら、優しくされたいよね」

恐ろしいのはもう嫌だった。瞳を潤ませながら、アメリアはこくこくと頷く。

「気持ちよくて、……他にはなにも考えられなくなって。……痛みなんて忘れてしまうぐらいのほうが望みだろう」

その言葉に頷きかけるが、なにか嫌な予感がした。

「……や……もぅ……っ……、ひくっ」

アメリアが怯えからしゃくり上げ始めると、彼が耳元で囁く。

「頷くんだ。僕の言うとおりにすると誓って」

低く脅《おど》すような声だった。恐ろしさに思わず小さく頷くと、途端に彼は優しくなる。

「ほら。君が僕を拒絶しなければ、ひどいことなんてしないって約束してあげるから」

愛しくて堪らないとばかりの口調でそう告げると、ジョシュアはアメリアの華奢《きゃしゃ》な首筋になんども口づけ始めた。

「……ん、んぅ……っ」

その間も、後ろから回した手で、アメリアの胸や秘裂を嬲る手は止まらない。

くすぐったさと痺れに、アメリアは息を乱しながら仰《の》け反《ぞ》り、咽頭《いんとう》を震わせた。

「あ、あぁ……っ」

無防備な耳朶《みみたぶ》に、ジョシュアの濡れた舌が這《は》わされていく。アメリアは耳の後ろが総毛立ち、顔を背けようとする。だが、尖らせた舌で耳孔が抉られ始めると、抵抗もできなくなり、ただビクビクと身悶えてしまう。

「はぁ……。……ね。君の中に、優しく挿《はい》ってあげる。……無理やりこじ開けたりなんて、しないよ。こうして少しずつ慣らして、……」

ヌチュヌチュと粘着質の水音を立てながら、耳孔が舌で嬲られる。それと同時に、下肢の膣肉が拡げられた。熱く震える粘膜が指で左右に開かれると、トロリとした蜜液が、糸を引いて襞《ひだ》から伝い落ちる。

「あ、あふ……っ、く……、ん、んんぅ……っ」

ジョシュアの官能的な声に誘われるように、アメリアは疼く身体を彼に預ける。

なにか淫らな魔法でもかけられてしまったかのように、身体の力が入らなかった。

「はぁ……ふ……」

酒に酔ったまま、息を乱したせいで、いっそう酩酊《めいてい》してしまったからだ。蕩《とろ》けそうな表情で、しどけなく身体を預けるアメリアを腕に抱きながら、ジョシュアがほくそ笑む。

「ああ。いい子だね。……そうして、最後までおとなしくしているといいよ」

アメリアの熱を帯びた身体が仰向《あおむ》けにリネンに倒され、ジョシュアに脚を開かせられる。

「ん……ぁ……っ、はぁ……っ」

太腿《ふともも》を抱える格好で、秘処が露にされ、熱を孕んだ吐息が媚肉に吹きかけられた。

「……はぁ……、あぁ……」

天蓋《てんがい》ベッドの天井《てんじょう》が、目の前でグルグルと回っている気がする。

熱くて仕方がない。頭の中が茹《ゆ》だってしまいそうなほど高ぶったアメリアは、息を乱し、胸の膨らみを上下させていた。

「あ……熱……っ、ん、んぅ……」

そんな彼女にジョシュアは強引にのしかかってくる。

そして、彼の形のいい唇の間から、卑猥に蠢《うごめ》く濡れた舌が伸ばされ、アメリアの媚肉の間に這わされ始めた。

「やぁ……っ、あ、あぁ……。んぅ……っ」

ねっとりと熱く濡れた舌先が、アメリアの花びらのような突起を舐め上げ、続いて敏感な花芯を抉っていく。

「んぅ……っ！　や……、やっぱり嫌……っ。あ、あぁ……」

恥ずかしさのあまり、正気に引き戻され、ふたたび抗《あらが》おうとするアメリアを、ジョシュアは力尽くで押さえつけた。そしてさらに長い舌で、恥肉を舐め回し続ける。

「絹みたいに綺麗な肌だよね……。こんなところまで綺麗だなんて、反則だよ。……ねぇ。舐めるのが嫌なら、歯を立ててもいい？」

ジョシュアの恐ろしい提案に、アメリアの身体に震えが走る。

「……だ、……だめぇ……」

そんな淫らな器官に歯を立てられては、どうなってしまうか解らなかった。恐ろしさにいっそう胸の鼓動が早くなってしまう。

「解ったよ。……残念だけど、……優しく……だったね」

掠《かす》れた声で囁きながら、媚肉の奥にある淫唇や花芯に、ジョシュアは夢中になってむしゃぶりつく。

「……そ、……そんなに吸っちゃ……。んぅっ、あ、あぁ……」

腰を揺らしながら、身悶えるアメリアの媚肉を辿り、ジョシュアは蜜口にまで舌を這わせ始める。

「君のここの蜜。初めは酸《す》っぱいけど、……いっぱい溢れてくると、甘くなるのはどうして？　花が蝶や蜂を誘うように、吸って欲しいって僕を呼んでいるのかな」

密かな笑いを浮かべながら尋ねられた言葉に、消え入りたくなってしまう。

「……っ！　そ、そんなこと……、ない……」

噎《む》せ返るほどの濃密な匂いを堪能《たんのう》するように、ジョシュアはいっそう強く秘処に顔を押しつけてくる。

──もうだめだと、……そう思った。

これ以上は恥ずかしくて、意識を失ってしまいそうだ。

「ほら、……君もどう？」

溢れ出た蜜液を指で掬《すく》い上げ、味わってみろとばかりに、手を伸ばされる。

「ん……、や……ぁっ」

自分の淫らな液など、目に映すのも恥ずかしくて、アメリアは顔を左右に振った。

「ふふ……。やっぱりあげない。君から溢れたものは、全部僕のものだ」

すると、ジョシュアはすぐにその指を自分の口元に当てて、赤い舌で舐め上げていく。

「……もっと溢れさせてもいい？」

アメリアはブルブルと頭を横に振って、脱がされたドレスを腹部から引き上げようとした。

すると、苦虫を嚙み潰したよう表情で、ジョシュアがその手を摑む。

「……そんな余裕があるなんて、まだ足らないかな」

――なにが？　尋ねる間もなく。

彼はサイドテーブルに置かれた茶色い瓶に直接口をつけると、ラズベリーのシロップで甘くしたウォッカを、口移しでアメリアに与えてくる。

「ん、んぅ……っ」

拒もうとするが、歯列がこじ開けられ、口腔に甘酸っぱい液体が注ぎ込まれた。

「……く……っん……っ。は……っ、はぁ……」

コクリと溜飲するが、アメリアが吐き出そうとしたせいで、口の端からいくぶんかの雫《しずく》が零《こぼ》れ落ちていく。ジョシュアは、アメリアの顎《あご》に流れ落ちていく雫を舐め上げ、満足そうに微笑《ほほえ》んでみせた。

「ほら。君は酔わされただけで、なにも悪くない。ぜんぶ悪いのは僕だ」

ジョシュアが、これで逃げ道は与えたとばかりに、自嘲気味に呟く。

「……ジョ……シュアッ」

そんな風《ふう》に言わないでほしかった。

責められるべきなのは、ジョシュアが信じられず、逃げだしてしまったアメリアだ。

彼に妄執《もうしゅう》されるほどの価値のある女性ではないのに。

「君は僕に無理やり抱かれている。君は嫌がったのにもかかわらず。……これで、満足かい？」

　もう堪え切れないとばかりに、ジョシュアが狂おしい声で告げる。

「……悪いのは……私だから……。もう……ん、んんぅっ」

　だからもう、こんなことはやめてほしいと告げようとした言葉が、彼の薄い唇で塞がれた。蠢《うごめ》く舌に搦《から》め捕られ、強く擦りつけられる感触に、ゾクゾクと身体が震える。

　だめだと自戒しようとするのに、彼の手に触れられた場所が、疼いてしまっていた。

「なにが不満なんだ。……僕になにが足りない？　君が僕を拒みたい理由を教えてくれ」

「ご、ごめんなさ……い……」

　ジョシュアの行為を拒みながらも、伝わってくる温もりに眩暈《めまい》がするほど、アメリアは蕩けそうになってしまっていた。

　なにもかも捨てて、彼の胸に縋《すが》りたい。だが、そんなことはできない。

　幼い妹を守ると、幸せにすると亡き母に誓ったのだ。自分の身勝手さで、傷つけるなんて許されない。

「謝ってくれなくていい。僕は君を今から抱くつもりだからね。……できるだけ優しくしてあげるつもりだったけど。ここまで来てもまだ拒もうとするんだ？　……さあ、どうしようかな」

「……あ、あ…………っ」

アメリアはブルブルと頭を横に振って、拒む言葉を告げようとした。

しかし、酩酊《めいてい》した身体のせいで、息が乱れて言葉を紡げない。

「あまり優しくして、すぐに忘れられたら困るよね。……やっぱりひどくしたほうがいいのかな」

アメリアの手を摑んだジョシュアは、腕に唇を寄せると、艶然《えんぜん》とした笑みを浮かべ、そっと口づける。そして、腕の内側の柔肉をなんども吸い上げながら、次第に強くして、赤い痕《あと》を残していく。

「……んぅ、あぁ……っ」

ジンとした疼きが走って、アメリアは悶えるように喘《あえ》ぐ。するとふいに彼の手が放された。

「え……っ。ふぁっ」

解放してくれるのかと、アメリアが喜んだのも束の間、ジョシュアはすぐに、彼女の下肢に次の標的を定めて、柔らかな内腿《うちもも》に口づけ始める。

「放し……、んぅ……っ、んん」

媚肉の際にまで口づけられ、ヒクついた蜜口が、ヒクヒクと震えていた。

「だ……め……っ。……ティーナが……っ」

このままでは、ジョシュアに抱かれることになる。その恐れから、アメリアは懸命《けんめい》に声を上げる。

「もう遅いよ。……キス以上のこともしたのに。僕らがこんなことをしているって知ったら、純粋な彼女はどう思うかな」

ティーナは自分の好きな人が、他の女性と一緒にいるだけでも、深く傷つくに決まっていた。

アメリアも五年前、ジョシュアが女性を侍らしていると耳にしただけで、悲しみのあまり、なにも見えなくなってしまったのだから。

「……やめて……っ。……お願い……」

妹のティーナが傷つくのが解っているというなら、今すぐに放して欲しかった。

「ティーナは軽蔑《けいべつ》するかな。それとも、姉に負けないように自分も経験しようと、身体を差し出すのかな」

「こ……、こんなこと……ティーナは……」

妹は純粋な少女なのだ。穢《けが》れをしらない天使そのもの。

人を疑うことを知らなくて。

どんなときでも笑顔を振りまき、周りを和ませるような――、アメリアの憧《あこが》れだ。

「彼女も言っているかもしれないよ。アメリアが淫らなことをするはずがないって。……君はこんなにも、男を惑《まど》わせるいやらしい身体をしているのに」

淫らに蕩けきった蜜口を露にするようにして、横抱きのアメリアの後ろから、ジョシュアが寄り添う。そして片足が抱えられる。

「いや……っ、ジョシュアッ。……赦《ゆる》し……」

身を捩《よじ》って、ジョシュアの腕から逃れようとするが、叶わなかった。

「赦すって、君のなにを？　憎んだことなんてないよ。早く手に入れたくて、おかしくなりそうになったことはあったけど」

そう言いながらジョシュアはトラウザーズから、滾《たぎ》った肉棒《にくぼう》を引き摺り出した。

卑猥な先走りを滲《にじ》ませて、赤黒く膨張した肉茎《にくけい》は、恐ろしい凶器のように、アメリアの瞳に映る。

「……や、やぁ……」

濡れそぼった蜜口に、鈴口《すずぐち》があてがわれ、身体が萎縮《いしゅく》した。

奥地に踏み込まれては、もう取り返しがつかなくなってしまう。

泣いている妹の姿が脳裏を過ぎり、アメリアは唇を震わせて懇願《こんがん》する。

「ジョシュア……ッ。……早ま……らない……でぇ……」

落ち着いて考えれば解ることだ。

昔の執着に拘《こだわ》って、アメリアを手に入れるよりも、愛らしいティーナを花嫁にしたほうが、ジョシュアは幸せになれるということが。

「破瓜《はか》が怖いなら、先に、僕のここを、そのかわいい口に入れて味見してみる？」

固い切っ先が、悪戯に膣口を擽《くすぐ》り、ゾクリと震えが走る。

「……ぜっ……ぜったい……。い、……いやぁ」

　口でなんて、咥え込めるわけがなかった。

「傷つくね。……君の桜色の唇をこじ開けて、無理やり捩《ね》じ込みたくなるよ。……気をつけたほうがいい。こんなとき、淑女は相手に従順に振る舞うのが礼儀だ」

　アメリアは恐ろしい宣告の数々にすっかり怯えて、刃向かう気概もなくしてしまう。

「……もう……お願い……、苛《いじ》めないで……」

　後ろを振り返り、アメリアが訴える。ヒヤシンス色の瞳が、蕩けて流れてしまいそうなほど潤んでいた。

　その表情が気に入らないとばかりに、ジョシュアは顔を引き攣《つ》らせてみせる。

「苛める？　この上なく優しく可愛がっているだろう？　アルヴァス王国に逃げた君が帰国した時点で、その身体を押し開かなかっただけ、僕は出来た人間だと思ってもらいたいね。……君は僕のものだから、もう我慢なんてしないけど」

　横向きに倒された格好のまま、さらに強く片脚が抱えられた。ヒクつく媚肉を割って、ヌチリと固い切っ先が埋められていく。

「……ほら、アメリア……。君の熱いココに、僕を挿《い》れるから、ちゃんと覚えておくんだ」

　アメリアは腰を引かして、彼の欲望から逃れようとした。

「や……ぁ……っ、……や……め……っ」

だが、濡れそぼった粘膜が押し開かれ、ヌブリと肉棒が奥へと押し込まれてしまう。

「ひ……っ」

身を捩って、脚をばたつかせながら、凶器から逃れようとするアメリアの腰を、ジョシュアは強く抱える。

「……なにを言ってるんだ。……やめないよ。これ以上は待つ必要もない。昔追い払ったはずの邪魔な虫に横から奪われては堪らないからね」

どうやらロブが先ほどアメリアのいる部屋に押しかけてきた話が、ジョシュアのところにも届いているらしい。彼はただ、ティーナとの婚約について話をしに来ただけだ。

アメリアがジョシュアに、そう言い訳しようとしたとき――。

「待っ……っひ……ぁ……！」

メリメリと狭い肉洞の襞が引き伸ばされ、膨れ上がった肉棒が、アメリアの濡襞《ぬれひだ》へと突き入れられる。今まで、誰も受け入れたことがなかった無垢な膣孔が開かれ、固く脈打った肉棒が穿《うが》たれたのだ。

「……く……っんんっ！」

狭い粘膜を引き伸ばされる痛みに、アメリアの身体が萎縮《いしゆく》し、そして、のた打つ。

「は……っ、あぁ……っ」

ボロボロと涙を流す姿を見つめたジョシュアが、腰を引かせた。

「あっ、あぁっ」

だが、引き摺り出される喪失感《そうしつ》にアメリアが身を震わせ、赤い唇を開くと、情欲に火をつけられたかのように、ジョシュアは肉棒を突き挿《い》れ、そのまま腰を揺らし始めてしまう。

「アメリア……ッ、そんな表情をされたら、とまらなくなるよ」

狂おしい声でジョシュアは名前を呼び、ズチュズチュと音を立てて肉棒を抽送《ちゅうそう》する。

「あ、……ひ……ンンッ、あぁっ!!」

軽く腰を引かし、雁首《かりくび》の根元まで引き出された肉棒は、すぐに肉洞の奥へと穿たれ、そうして、穢れを知らなかったアメリアの身体は、ジョシュアの肉茎によって、最奥《さいおう》まで征服されてしまう。

「いやっ、や……っ。動かさないで……っ、ひ……っ」

収縮した襞が雁首に擦りつけられ、太い幹でぐりぐりと蜜口を嬲られると、痛みに身体がのた打つ。

「だめだよ。……君のなか、熱くて気持ちよくて……、堪らない……」

初めて襞を雄に開かれた痛みから、息も絶え絶えになったアメリアの鼻先から、熱い息が洩れる、

「ん、……んぅ……。はふ……ぁ……く……ンンッ」

リネンの上でのたうつアメリアの身体が横抱きにされ、片脚を抱える格好で、腰が打ちつけ

られていく。もう優しくするつもりはないという言葉通りに、ジョシュアの行為には容赦《ようしゃ》がなかった。固い肉棒の尖端で、ゴリゴリと最奥を擦り立てられ、ビクンと大きくアメリアの身体が跳ねる。

「……や、やぁ……っ」

だが、膨れ上がった亀頭が襞を擦りつけ、子宮口を突き上げられるたびに、疼くような痺れが駆け抜け始める。

「……あっ、あぁっ。深いの……や……っ、奥まで……ンンん、んぅ……」

誘うような色香を漂わせる声が、無意識にアメリアの喉を吐《つ》いて出ていた。

ジョシュアは、その声に魅入《みい》られたように、熱く脈打つ肉棒で、アメリアを揺さ振り立てた。

「ひ……っ、んぅ……ッ」

疼痛《とうつう》に身悶えるアメリアの胸の膨らみに、ジョシュアの手が伸ばされた。そして、淫らな手つきで柔らかな膨らみを揉みしだく。

「はぁ……。……気持ちいい……、なんだか、君の身体の奥に、引き摺《ず》り込まれているみたい。……ね。このままいちど中に出しておこうか?」

「や、やぁ……っ。ジョ、ジョシュア……ッ。……も、抜いて……」

アメリアは足の爪先《つまさき》を引き攣《つ》らせ、嫌がるように身体を捩る。だが、その抵抗の動きすら、抽送される肉棒を、いっそう襞に擦りつける結果にしかならない。

「んぁ……っ！」

潤んだ瞳で、喘ぎを漏らすアメリアを、ジョシュアは愛おしげに見つめていた。

「抜いても僕はなんどだって君を犯すよ。無駄な抵抗はよして、愉《たの》しんでみたらどうかな。ほら、こうされるのはどう……？」

ジョシュアは太く膨れ上がった肉茎を最奥まで穿つと、ヌルついた熱い襞の感触を確かめるように、腰を押し回し始める。

「無理……ぃた……の……っ、やぁ……」

身体を引き裂かれるような激しい疼痛が、下肢《かし》から迫り上がっていた。

「……いや、やぁ……。あぁ……っ！」

ビクビクと脈打つ感触が、粘膜越しに伝わってきて、アメリアは戦慄《せんりつ》から総毛立ってしまう。

「そんなに拒絶するなんて、ひどいな。これでも毎日君を抱くことを夢見て、誰ともキスすらしていなかったのに」

いつも女性を侍《はべ》らせていたジョシュアが、アメリアのために操《みさお》を立てて、ダンスすらしようとしなかった話は、晩餐会で耳にした。

でも、愚かな自分には、そんな価値などない。

「しらな……っ」

繋がったまま足を回させ、ジョシュアはアメリアを仰向《あおむ》けにベッドへと押しつけた。

そして身悶えるアメリアの身体に、彼が覆い被さってくる。

「ん……っ、んぅ……。は……っ、はぁ……」

ジョシュアは固い肉棒で、アメリアの粘着質の液を溢れさせる蜜壺を、ヌチュヌチュと捏ね回す。そして、仰《の》け反《ぞ》りながら唇を震わせる彼女に、触れそうなほど顔を近づけてくる。

「口寂しくて、どうにかなってしまいそうだった」

ジョシュアは掠れた声で囁くと、アメリアの唇を奪った。腰を強く押しつけ、グリグリと肉棒で、膣を擦りつけながら、舌が絡ませられる。

「ふ……っ、んんぅ……、んっ、はぅ……んん」

彼の長い舌で口蓋《こうがい》や歯列、そして舌の上を掻き回されると、ゾクゾクするほどの痺れが喉の奥から爪先にまで駆け巡っていく。絡め合う舌の感触に、すべて投げ打って夢中になりそうなほど、アメリアの身体が疼き出していた。

「……でも、今は気持ちよすぎて、イキそう」

それはジョシュアも同じらしい。彼は蕩けそうな眼差しをアメリアに向けながら、低く掠れた声で感嘆する。しかし、卑猥な言葉には賛同などできない。

「んぅ……っ！」

アメリアは羞恥から、ジョシュアをキッと睨みつける。だが、濡れた眼差しでは迫力など出なかったらしく、いっそう深く唇が奪われてしまう。

「……ん、んぅ……」

激しい口づけを与えながら、角度を変える途中、ジョシュアが囁く。

「笑った顔もかわいいけど、怒った顔も堪らないな……」

もしや、ジョシュアは目が悪いのだろうか。

――それとも、末期的に趣味が悪いのだろうか？　そんな疑いすら抱いてしまう。

アメリアよりも優れた女性は、ティーナだけではない。王子である彼の側には、国中の女性が喜んで跪《ひざまず》くに違いないのだから。

「……かわいく……なんて……」

泣きそうになりながらもアメリアは反論しようとした。すると、ジョシュアが言った。

「君は仔猫を見て、愛《いと》おしいと思わない？」

小さな命を守り育てたいと思うのは、誰しも抱く感情だ。それがなんだというのだろうか。

いきなり尋ねられた言葉に、アメリアは狼狽《ろうばい》した。

「純粋で穢れを知らない身体を存分に撫で回して、好きにしたくなるだろう、同じことだよ。……君を見て、かわいいと思った。誰よりもね。そして欲しくなったんだ」

ジョシュアの話に、アメリアは泣きたくなってくる。

「私は……仔猫じゃ……ない……」

アメリアは分別の解らないような生まれたばかりの動物や人形ではない、感情があるのだ。

彼の好きにさせられるわけがない。

「そうだよ？　だから、こうして欲情してる」

仰向きのまま腰を摑まれ、下肢を浮かせた格好で肉棒が穿たれる。

「あっ、あぁっっ、……く……っ、んぅ……、はぁ……っ、あぁ……っ」

ガクガクと内腿が震えていた。熱い肉棒が、濡れそぼった膣肉を掻き回すたびに、敏感な花芯が刺激され、いっそう身悶えてしまう。

激しく抽送されるたびに、露にされたままの胸の膨らみが、誘うように上下していた。

「一目惚《ぼ》れなのに、理由なんて尋ねられても困るな。天使みたいな顔してるのに、意地っ張りで、……どうしても苛《いじ》めたくなるぐらいかわいいんだ」

夢でも見ているかのように、恍惚《こうこつ》とジョシュアが呟く。その瞳は、どこか虚空《こくう》を見つめているようで、アメリア自身を映してはいない気がしてならなかった。

そして彼は、『苛めたくなる』その言葉を証明するように、感じる場所を執拗《しつよう》に突き回し、アメリアはリネンを摑み、ビクビクと腰を跳ねさせる。

「……やぁ……っ、あ、あぁっ……ンン！」

アメリアの甲高《かんだか》い嬌声《きょうせい》に、彼は満足そうに口角を上げてみせた。

「あとは、そう。……逃げるから追い詰めてしまうんだよ。解ってる？」

そして、腰を引かせようとするが、ジョシュアに引き摺り戻され、いっそう激しく肉棒を穿たれていく。

「……つ、捕まえたら……捨て……るくせに……っ」

一時の興味で、アメリアを手に入れようとしていると、ずっと思い込んでいた彼女は、ついそう口走ってしまう。

するとジョシュアは自嘲気味に微笑んでみせた。

「まさか。……存分に愉しんで……、永遠に放さないに決まっているだろう……」

アメリアをこのまま、どこかに閉じ込めるといわんばかりの低い声だった。

「……いや……っ。……こわい……」

情欲に満ちた彼の眼差しが、いっそうアメリアの恐怖心を煽《あお》る。怯えた表情で拒絶する彼女に、ジョシュアは優しく言った。

「僕は、君の望みをなんでも叶えると言っている。虜囚《りよしゆう》同然なんだから、怖くなんてないよ。……本当に怖いのは、君がまた逃げたときかもね」

五年もの月日が、ジョシュアの心を荒《すさ》ませ、さらにアメリアへの執着を深めてしまったらしい。申し訳なさに、アメリアはいっそう瞳が潤んでしまう。

「……ごめん……なさい……」

嗚咽《おえつ》混じりの声で謝罪するアメリアを、ジョシュアは揺さ振り立てる。

「ひっ、あ、あぁっ！」

激しい律動に、キュウキュウと花芯が疼き、脊髄《せきずい》まで痺れが駆け抜けていく。

「謝罪なんていらないっ。どれだけ詫《わ》びられても、僕はもう君を放すつもりはないんだから」

身体を侵食していくような熱と、湧き上がる愉悦《ゆえつ》に、アメリアは呑まれそうになってしまっていた。だが、彼に縋《すが》るわけにはいかない。

「……ふ……っ、あっ、あぁ」

リネンを強く掴んで、アメリアは淫らな嬌声を上げて、身悶える。

ジョシュアは苛立たしい表情で瞼《まぶた》を伏せ、視線を合わせぬままに、貪欲《どんよく》に彼女の身体を嬲り、猛烈に腰を振りたくり始めた。

「やぁ……っ、そんな……っ、強くしな……でぇ……っ」

「嫌だよ。……僕に抱かれたこと、嫌というほど思い知らせておかないと」

無垢《むく》だったアメリアの身体を強引に押し開いた、ジョシュアの凶器のような肉棒が、なんどもなんども濡襞を擦りつけながら律動する。

「あ、あぁ、あ……っ、く……っ、んぅ……ぅあっ……！」

グチュグチュと音を立てて蜜壺の中で泡立てられた淫液が、白濁《はくだく》して、抽送《ちゆうそう》部分から溢れだしていく。

「……はぁ……っ、はぁ……っ」

激しすぎる愉悦が、頭の奥まで侵食してしまったかのように、思考を鈍《にぶ》らせていた。

「アメリア……。気持ち良すぎて……っ、おかしくなりそうだよ……はぁ……くっ……」

艶やかに波打つホワイトブロンドを、リネンの上に拡げ、アメリアは朦朧《もうろう》としながら、淫らに腰をうねらせる。

「あ、あぁ……っ！」

身悶えるアメリアの肉筒を埋め尽くし、グリグリと押し回しながら、ジョシュアは感嘆したように声を漏らす。

「……もっと、深く繋がりたい。ん……。……あ、あぁ……っ、いいよ。堪らない……」

余裕をなくして乱れた声に、アメリアはいっそう高ぶってしまっていた。

「……ん、んぅ……、あ、あぁっ」

固い亀頭の括《くび》れに、感じる場所を擦りつけられながら、肉棒が引き摺り出されると、ゾクゾクとした痺れが身体を駆け巡る。そして、激しく最奥を責め立てるように突き上げられるたびに、誘うように腰がうねり、身体が打ち震えていた。

繰り返し与えられる愉悦に、アメリアの理性はドロドロと蕩《とろ》けてしまう。

「あ、あ、あぁ……っ！　……んぅ、……はぁ……、あぁっ」

相手は妹の想い人で、自分が深く傷つけた人。

触れてはいけない相手だというのに、身体が彼から与えられる快感に滾《たぎ》り、貪欲に求め始めてしまう。

「……ジョ……シュアッ」

アメリアが感極まった声で、名前を呼んだ。すると、彼はいっそう激しく肉棒を抽送し、汗ばむ身体を揺さ振り立てる。

「愛してる……。アメリア……ッ」

狂おしく濡れた声が耳に届く。すると、歓喜に震えた襞《ひだ》が、彼の雄を締めつけていく。執拗な抽送に嬲られた花芯が激しい愉悦を走らせていた。

アメリアは爪先を引き攣《つ》らせ、ガクガクと震えながら、湧き上がってくる大きなうねりに身を任せた。

そうして、彼女の体内を執拗に抉っていたジョシュアの脈動が、ついに熱い飛沫《しぶき》を迸《ほとばし》らせる。

「あ、あ、あぁ……っ!!」

沸き上がる喜悦《きえつ》と、快感に、アメリアは甲高《かんだか》い嬌声を漏《も》らす。そして、高みに引き摺り上げられた身体が、リネンの上でビクンと大きく仰け反った。

熱い飛沫を浴びせかけられた膣洞から、ゴプリと白濁した液が溢れ出してくる。

「……はぁ……、あ、あぁ……」

ぐったりと身体を弛緩《しかん》させるアメリアを抱き寄せ、ジョシュアが歓喜に満ちた声で囁く。

「これでもう……、逃げ道はなくなったよ。ねぇ、解ってる？」

追い詰めた獲物を、仕留めたような陰湿な光を瞳に浮かべて、ジョシュアはこの上なく愉しげな声で囁いていた。

第五章　楽園の囚人

――翌日の昼過ぎ。唐突《とうとつ》にジョシュアは、

「今日は、中庭でお茶会を開く予定なんだ」

……と、上機嫌でアメリアに告げた。

「客人は、グスタヴスと君の妹のティーナだよ。会えて嬉《うれ》しいだろう？」

ジョシュアは昨日、アメリアを強引に抱いたばかりだ。それなのに彼を慕《した》うティーナを王城に呼ぶなんて、アメリアには信じられなかった。しかし、ジョシュアの言葉は絶対だ。刃向かうことは許されない。

アメリアは死刑執行の時間を待つ気分で、午前中を過ごす羽目《はめ》になった。

そうして、執務室から見える中庭の一角に、ジョシュアは透かし彫りの白いテーブルを用意させ、侍女《じじょ》たちにお菓子やティーセットを運ばせた。準備は万端《ばんたん》で、約束の時間が刻々《こくこく》と迫っている。

だが彼は今、大人の男が横になってもあまるほど横長い出窓に優雅に腰かけて、目の前に座るアメリアを愛《いと》おしげに眺《なが》めていた。

「……うん……、いいよ。とても。……そのまま全部飲み込んで……」

アメリアはジョシュアの前に膝《ひざ》を折り、彼のトラウザーズを寛《くつろ》がせ、引き摺《ず》り出された肉棒を咥《くわ》えさせられている。

「ん……っ、んぅ……っ」

ジョシュアの卑猥《ひわい》な造形の尖端《せんたん》が、唾液《だえき》と先走りにぬるつきながら、ヒクヒクと震えていた。

「唇《くちびる》を窄《すぼ》めて扱《しご》いてみて、できるだろう？」

アメリアは膨《ふく》れ上がった亀頭の根元を咥え込まされ、窄めた唇で上下するように強要される。言われるまま、脈打つ肉棒を扱くと、唇の擦れる感触に肌《はだ》が粟立《あわだ》つ。

「……ふ……くっん……っ」

なんども肉茎を唇で扱いたあと、アメリアはチロチロと舌《した》を伸ばして、ひくついた鈴口に舌を這《は》わせた。そんな彼女の身体を、ジョシュアはドレス越しに、いやらしい手つきで撫《な》で回していた。

「……シン……ッ」

肌やドレスに触れてくるジョシュアの指先から、たちの悪い毒が身体《からだ》に巡っていく気がしてならない。そうでなければ、無理やり奉仕させられている状況だというのに、アメリアの身体が熱くなったりはしないはずだ。

「上手だよ。……君はなんでもこなせる優秀な女性だからね。男を悦《よろこ》ばせる行為も、簡単に身につけてしまうのかな」

こんなことを、二度とするつもりはなかった。身体に覚え込まされたくはない。

アメリアは悔《くや》しげな表情で、ジョシュアを見上げた。だが、彼はいっそう楽しげに口角を上げてみせる。

——悔しさに涙が滲《にじ》みそうになる。

しかし、父やティーナのためにも、彼に逆らうわけにはいかない。

「ん……っ、んんぅ……く」

舌先に擦れるひくついた鈴口の感触に、ゾクリと身震いが走り抜ける。

口淫《こういん》を強要されたとき、アメリアは拒否しようとしたのだ。しかしジョシュアは、

『君と僕の関係を、ティーナが知ったらどう思うかな』

……と、爽《さわ》やかな笑顔を浮かべて、脅《おど》し同然にアメリアに告げてきた。

大切な妹のティーナの想《おも》い人であるジョシュアと、アメリアは望まぬこととはいえ、関係を結んでしまった。真実を妹に告白すべきだということは解《わか》っている。しかし、彼女が悲しむ姿を想像すると、どうしても真実を伝えられない。

アメリアは、せめてティーナが決断を下すまではぜったいに秘密にしてほしいと、ジョシュアに頼んだのだ。そのせいで、アメリアは完全に彼に刃向かえなくなってしまっていた。どんな受け入れがたい行為でも、いいなりになるしかない。

「ん……、んぅ……」

先走りの味が口腔《こうこう》に広がる。その卑猥《ひわい》な味と匂いに、アメリアはぶるりと身体を震わせた。ジョシュアにいちど抱かれただけだというのに、淫《みだ》らに変貌《へんぼう》した身体が憎らしく、そして悲しかった。

「もっと下も舐《な》めて」

言われるまま、肉竿を口腔から吐き出し、唾液と先走りからしとどに濡れた包皮を舐《な》め上げ、そのまま陰嚢《いんのう》まで舐めしゃぶっていく。

「ん、んんぅ……く……っ。ふ……ンンッ」

憤《いき》り勃《た》った肉棒が脈打つたびに、下がった陰嚢も卑猥にうち震える。裏筋にまで舌を這わしていくと、ジョシュアは掠《かす》れた声で小さく呻《うめ》いた。

「……あぁ……。いいよ。……もっと続けて」

ティーナは、愚《おろ》かな姉の行為を知らない。その彼女が、結婚を申し込んできたロブではなく、片思いの相手であるジョシュアを選んだ場合、アメリアは誰にも内緒《ないしょ》でこの国を離れる決意をしていた。

今は妄執《もうしゅう》に駆られているジョシュアも、純粋なティーナには心を砕いていたのだ。アメリアが消えれば、すぐに恨《うら》みや執着《しゅうちゃく》など忘れてしまうに違いない。それに妻となる相手が傷つくような事実を、話したりしないだろう。そう考えたからだ。

しかし、ティーナの心が決まっていない今は、まだその時機ではない。

臆病《おくびょう》なティーナが自分の行く道を決めるまで、アメリアは待つつもりだ。それが姉としての最後の務めだと考えている。

だが、もっと自分がしっかりしていれば、ジョシュアを止めることができたはずなのに……という後悔はどうしても拭《ぬぐ》いきれない。

アメリアがジョシュアの誠実さを疑わなければ、このような間違いなど起こさず、ティーナは疑いようのない幸せを得られたのだから。

そうして、泣きそうになりながら、アメリアが肉棒に口淫で奉仕を続けていると、ふいにドレスの紐《ひも》が解《ほど》かれ始める。

「あ……っ。んくっ……ぅ。……ふっ」

批難《ひなん》の声を上げようとした。だが、すぐにジョシュアの手で膨れ上がった肉茎が、アメリアの可憐《かれん》な口腔へと捩《ね》じ込まれてしまう。

「……んぅ……っ、ふ……っ」

そうして、強制されるままに、顎《あご》を引き攣《つ》らせながら肉棒を舐めしゃぶっていると、冷たい空気にアメリアの肌が晒《さら》されていく。

「僕がお願いしたとおりに、ちゃんとコルセットは嵌《は》めてないんだ？　あれは手がかかりすぎて困るから、助かるよ」

露《あらわ》にされた胸の膨《ふく》らみが、ジョシュアの手で形が変わるほど強く揉《も》まれる。

「……んぅ……っ！」

アメリアは口腔を肉棒で塞がれたまま、不安げに彼を見上げた。すると、ジョシュアは艶然《えんぜん》とした笑みを向けてくる。

なぜだか戦慄《せんりつ》を覚え、落ち着かなくなるほど嫌な予感がした。アメリアが困惑《こんわく》する間にも、彼の長い指が、華奢《きやしや》な項《うなじ》へと這《は》わされる。そして、高い位置で纏《まと》めていた髪を解いて、豊かなホワイトブロンドを垂らさせた。

「ん……んっ」

こんな乱れた髪では、お茶を飲みにきたグスタヴスとティーナに、なにか淫らな真似をしていたと告げるも同然だ。

アメリアが微《かす》かに顔を横に振りながら批難する。だが彼は、愛おしげに項や頬を撫《な》でてくるだけだ。

「もう舐めなくていいよ。充分だ」

そうしてアメリアは口腔から肉棒を引き摺り出される。口の中を占拠し、舌の上を擦りつけながら粘膜を開かされていたものが、いきなり奪われると、苦しくて堪《たま》らなかったはずなのに、物足りなさに疼《うず》いてしまう。

「……あ……っ」

アメリアの咽頭《いんとう》が震え、欲求が高鳴る。

身体の奥で燻《くすぶ》る熱を振り払うように、アメリアはブルリと身震いした。

「ここに手をついて？　お尻《しり》は僕に向けて」

頬《ほお》を上気させて惚《ほう》けていたアメリアの身体が抱き上げられる。そして、腰を突き出す格好《かっこう》で、出窓に手をつかされた。

こんな場所で服を乱されているのを、誰かに見られたら、どうしたらいいのだろうか。

アメリアは不安から辺りを見渡す。向かいの棟に人の気配はない。

しかし、階下には人の姿が見える。

「あ……っ！」

中庭に、頬を薔薇《ばら》色に染めたティーナが、グスタヴスに紅茶を用意してもらっている姿があったのだ。グスタヴスはまるで有能な執事《しつじ》かと見間違えるほど、手際よく白磁《はくじ》のカップに琥珀《こはく》色の液体を注いでいた。

ジョシュアが招いたふたりは、いつの間にか中庭にやって来ていたらしい。

「……こんなことをしている場合じゃ……」

ティーナは、誰か探している様子で、辺りに顔を向けていた。

きっと想いを寄せているジョシュアを探しているに違いない。愛しい彼がアメリアに、淫らな行為を強要している途中だということにも気づかずに。

——冷水を浴びせかけられたように、ずっと血の気が引いていく。

「も……う……、許して……」

五年前に、ジョシュアの自尊心を傷つけたことは、申し訳なく思っている。

でも罰は、充分過ぎるほど受けたはずだ。

これ以上、身も心も彼に蝕《むしば》まれたら、アメリアはひとりで……いや、ジョシュアなしでは生きていけなくなってしまうに違いなかった。

「……お願い……っ」

アメリアは必死に後ろを振り返ろうとしながら、掠《かす》れた声で哀願《あいがん》する。

「なにを許せばいいんだ？　僕は君に、愛しているってこの言葉で、声で、そして身体《からだ》で、訴《うった》えているだけだよ。苛《いじ》めているわけじゃない」

この行為のどこが、嗜虐《しぎゃく》や苛めではないというのだろうか。

「ジョシュア……ッ、いい加減に……」

アメリアが叱責《しっせき》しようとすると、彼は窓の外を眺めながら言った。

「……君の妹が、探しているのは誰だろうね。僕かな、それとも君？」

あまり待たしていては、ティーナが執務室までふたりを捜しにくるかもしれない。一刻も早く終わらせなければならない。こんな姿を見せれば、ティーナは絶望してしまう。いけないと解っているのに。ジョシュアに組み敷かれ、後ろから胸を揉《も》まれる感触に、アメリアは堪えきれず喘《あえ》いでしまう。

「あっ……や、やぁ……っ」

撓《たわ》わに実った果実のような胸を掬《すく》い上げ、掌《てのひら》で包み込む格好で、固くなった乳首ごと撫でさすられる。

肉茎を奉仕している間に、淫らに尖《とが》ってしまっていたアメリアの乳首が、ジョシュアの掌《てのひら》の中でクリクリと捏《こ》ね回されていく。

「んぅ……、く……っ、はぁ……、んぁ……っ」

出窓の上に身体を押しつけ、悶《もだ》えるアメリアの耳朶《みみたぶ》にジョシュアが囁《ささや》く。

「僕たちがここで、こんなことをしているとも知らずにティーナは楽しそうだね？」

ドレスのスカートが捲《まく》り上げられると、柔らかな双丘《そうきゅう》がいやらしく揉《も》み上げられた。そして後ろからのしかかられる格好で、彼の脈打つ肉棒が押しつけられる。

「やぁ……！　やめてっ……」

抵抗の言葉も虚《むな》しく、肉棒はヌブヌブと、膣孔《はい》へと穿《うが》たれていく。

「……あっ。……なかに……、……ま、また挿ってきちゃ……っ。ん、んんぅ……っ。だめ、だめぇ……ジョシュアッ」

鬣《ひだ》は慣らされていなかった。だが、昨夜の名残《なごり》のせいか、アメリアの媚壁《びへき》は歓喜に戦慄《おのの》きながら、雄《おす》を受け入れてしまう。

「……だめ……っ、ん、んぅ……」

華奢《きゃしゃ》な肩口を揺らしながら、アメリアが喘ぎ混じりの声で訴える。

するとジョシュアが後ろから覆《おお》い被さり、甘い香りを嗅《か》ぐように、彼女の髪に鼻先を押しつけた。

「君の『だめ』は、好きって意味？　それとも『もっとしてほしい』ってこと？　そんな気持ちよさそうな顔でなにを言われても、やめられないよ」

そして、切ない吐息を吹きかけると、ヌチュヌチュと肉棒を掻《か》き回し始める。

「は……っ、やっ、やぁ……っ。ジョ、ジョシュア……本当に……だめ……って言ってる……のに……んんぅっ！」

固く膨張《ぼうちょう》した肉棒が、濡鬣《ぬれひだ》を押し開いて、揺さ振られるたびに、媚肉に引き攣《つ》った花芯が疼《うず》き上がっていた。

「あ、あぁ……っ。く……んんぅ……！」

アメリアはガクガクと膝《ひざ》を震わせるが、彼の抽送《ちゅうそう》は止まらない。

「辛《つら》そうだね。君のその長い髪を窓から垂らして、童話みたいに助けでも求めてみる？　僕のラプンツェル」

襞が擦りつけられるたびに、戦慄《おのの》く襞が蜜を溢《あふ》れさせ、粘着質の水音が大きくなる。

その音が堪らなく恥ずかしくて、アメリアは顔を背けた。

「……ん……っ、んぅ……は……っ、ンンッ」

固い切っ先が突き上げられ、そして容赦《ようしゃ》なく引き摺り出される。その繰り返しに、アメリアの背中にゾクゾクとした痺《しび》れが走っていく。

「でも勇敢なる王子は、なぜかここで魔女の役をしているけど。……君を助けてくれるのは、誰なんだろうね」

――誰かの助けなどいらない。

アメリアは願うなら、今すぐ愚かな自分を消してしまいたかった。この高い窓から落としたいのは髪ではなく、自分自身だ。

眦《まなじり》から涙を零《こぼ》しかけたとき、肉筒の最奥《さいおう》まで穿たれていたジョシュアの灼熱《しゃくねつ》の楔《くさび》が、グリグリと子宮口を抉《えぐ》る。

「ひ……ぅ……、あ、あぁ……っ」

アメリアが嗚咽《おえつ》を漏らし、ビクンと大きく仰《の》け反《ぞ》った。すると、顎《あご》が横向けさせられ、ジョシュアに唇が奪われる。

「ふ……ぁっ。ん、んんぅ……」

ぬめる熱い舌を絡《から》ませ合い、口づける間にも、淫らな手つきで胸の膨らみが揉みしだかれていく。

「……あ……くぅ……ンンッ」

ヒヤシンス色の美しい瞳《ひとみ》を潤《うる》ませるアメリアの、露《あらわ》にされた胸を掴み、ジョシュアは激しく腰を揺すり立てた。

「……は……っ、あ、あぁ……。だ、だめ……、いちどにしない……でぇ……っ」

敏感な乳首を嬲《なぶ》り、同時に蜜壺を捏ねられたのでは、堪らない。

アメリアは懸命に喘ぎ混じりの声で訴える。だが、先ほどよりも強く愛撫されてしまう。

「ど、どうして……っ、や、やぁ……ンッ」

ビクビクとのた打つ身体を抽送され、アメリアは首を横に振って嫌がるが、ジョシュアは行為を緩めようとはしない。それどころか、肉食の動物が雌を従わせるときと同じように、首筋の後ろに歯を立ててくる。

「ん、んんぅ……っ！」

淫らに悶《もだ》える彼女の眼下には、はにかんだ様子のティーナの姿があった。

人の気持ちを踏み躙《にじ》り、大切な相手を裏切っているというのに、身体は蕩《とろ》けそうなほど快感に打ち震えてしまっている。

アメリアは心が切り裂かれそうで。

襲《おそ》い来る不安が恐ろしくて。

与えられる愉悦《ゆえつ》に堪らなくて。

自分の愚かさと醜《みにく》さに噎《むせ》び泣きそうになっていた。

「アメリア」

呼び声に釣られアメリアが顔を横に傾ける。すると彼女を覗き込む格好で、ジョシュアがふたたび唇を奪ってくる。

「……は……っ、んぅ……。……ふぁ……や、やぁ……」

口腔を嬲りながらも、彼の欲情に満ちたアメシストの瞳が、アメリアを見据えていた。

そうして、舌で捏ね合わされた唾液が、唇の間で糸を結ぶが、拭う余裕もない。

「はぁ……、はぁ……っ。そんなに突かな……っん」

アメリアは赤い唇を震わせながら、快感に喘ぐ。

「寝言で名前を呼ぶぐらい僕が好きなんだから。……君もいい加減に、認めればいいのに」

ふいに呟かれ、アメリアは目を瞠《みは》った。

そのことを知っているのは、叔母《おば》だけのはずだ。

アルヴァラ王国で起こったアメリアの秘密を、どうしてブランシェス王国にいたはずのジョシュアが知っているのだろうか。

「……な、なにを言って……」

アメリアは驚愕《きょうがく》に声を詰《つ》まらせる。

「驚いているってことは、まだ気づかないんだ？　僕には仲のいい友人がたくさんいるって言っただろ。君のことはすべて逐一《ちくいち》報告が来ていた。……それに」

後ろから両手で胸の膨らみが掬い上げられ、弧を描くように揉みしだかれていく。

「……あ、……あふ……、ん、んんっ」

彼の長い指の間でコリコリと嬲られる乳首が、疼きを走らせて、アメリアは堪らなくなって身を捩《よじ》る。

そんな彼女を、さらに淫らな手つきで嬲り、ジョシュアはくるおしい声で囁く。

「僕は、アルヴァラ王国まで会いに行っていた。それに君が寝ている間に、なんどもキスをした。これでも解らない？」

「……っ⁉」

信じられない言葉だった。しかし、思い当たる節がある。

教会で寝入ってしまったときや、邸で客人が来るからと部屋に追われたとき、ジョシュアに口づけされる淫らな夢を見てしまうことがあった。まさかあれが、本当にあったことだとでも言うのだろうか？

「仕方ないだろう。……君がいないと寂しくて、死んでしまいそうだったんだ」

そんなか弱い小動物のようなふりをしても、アメリアは懐柔《かいじゅう》されるつもりはなかった。

「……い、……言ってくれれば……」

五年の月日の中で、ジョシュアはいくたびそんな暴挙を働いたのだろうか。

アメリアも、寂しくて悲しくて、会いたかったのに。傍《そば》にいるのなら、知らぬ間に唇を奪うような真似などせず、声をかけてくれたらいいのにと思わずにはいられない。

「僕から逃げた君がそれを言うのか」

だが、ジョシュアはアメリアに冷たくそう言い放つ。

「それは……」

確かにアメリアは、彼に弄《もてあそ》ばれているのだと誤解して、逃げるように留学したのだった。

それなのに気安く声をかけろというのも、おかしな話だ。

「声をかけて怯《おび》えられでもしたら、僕はきっと自分を抑《おさ》えられなくなっていた。その場で無理やり君を抱いて、自分のものにしていたけど、そのほうがよかった？　ふふ。なんだ、やればよかったな」

自嘲気味な笑みを洩らしながら、ジョシュアが尋ねてくる。

「……や……っ」

強引に身体を押し開かれるほうがいいなんて、思えるわけがない。

「君が、僕を求めてくれるようになるまで待っていたつもりだ。……だから、もう我慢なんてしない」

切ない声で囁いたジョシュアは、肉筒を押し広げるように、腰を突き回し始める。だが、いっそう固い切っ先が襞を擦りつけ、押さえつけられた胸が痛みを走らせていた。熱を穿ってくる。

無機質な出窓の固さに、ズチュヌチュと音を立てながら、熱を穿ってくる。


「ひぅ……っ、んん、……はぁ……っ、はぁ……っ」

激しい抽送に、アメリアの柔らかな臀部《でんぶ》と彼の腰がぶつかり合い、静かな部屋に破裂音が響いていた。

「最初から感じやすい身体だったけど、たった一晩で、この濡れ方は、いやらし過ぎると思うな」

肉棒が引き摺り出されるたびに、張り上がった雁首に掻き出された蜜が、抽送部分から溢れる。その淫らな音と泡立った蜜が溢れる感触に、羞恥《しゅうち》に顔が熱くなる。

「わ、私……あ、や……っ」

震える声で言い訳しようとするが、肉棒を激しく打ちつけられ、言葉にならない。

「いいよ。恥ずかしがらなくても。君が僕の身体で、感じてる証《あかし》だから」

息を乱したジョシュアは、アメリアの腰を摑み、熱く滾《たぎ》った欲望を容赦《ようしゃ》なく穿ち続ける。

「……ち、違……、んんぅ……っ、はぁ……、あぁ……ッ！」

濡襞を掻き回しながらジョシュアは、貪《むさぼ》るようにアメリアの身体を掻き抱く。

「あ、あ、あぁっ！」

断続的な喘ぎを洩らし、アメリアは出窓の縁《ふち》に縋《すが》りつきながらも、激しい快感から膣をキュウキュウと収縮させた。

アメリアが感じる場所を執拗《しつよう》に突き回し、ジョシュアは掠れた声で尋ねる。

「気持ちいい？　アメリア……ッ、ここ、感じるよね。突き上げるたびに、身体がビクビクしている」

激しい愉悦の波に攫《さら》われ、高みまで無理やり引き摺り上げられた感覚に戦《おのの》き、アメリアは噎《むせ》び泣き始めていた。

「や、やぁ……っ、も……っ、やめ……あぁぁっ！」

出窓に手を突っぱり、大きく背を仰《の》け反《ぞ》らせたアメリアは、ガクガクと痙攣《けいれん》しながら、助けを求めるような嬌声《きょうせい》を漏らす。

「達《い》きそう？　……ああ、ほら、……僕も限界だ……っ。なかに、出すよ」

最奥まで肉棒を突き立て、快感に下がった子宮口を、鈴口でグリグリと抉りながら、ジョシュアが告げる。

「……だ、だめ……っ、も……、中は……だめ……お願……、ジョシュアッ」

なんども男の精を放たれては、孕《はら》んでしまうかもしれない。そんな恐怖から、アメリアがやめて欲しいと懇願《こんがん》するが、ジョシュアは肉棒を引き抜こうとはしなかった。

「逆効果だ。……そんなに頼まれると、無理やりでも中に出したくなるよ」

熱く震える襞を押し開いたまま、脈打つ肉棒を滾らせ、そのまま熱い飛沫《しぶき》を噴き上がらせる。

「え……っ、や、やぁ……っ！　ひぁっ！　あ、あぁぁ……!!」

ガクガクと腰と膝が震える。爪先で絨毯《じゅうたん》をなんども掻きながら、アメリアは身体を引き攣らせた後、そしてぐったりと弛緩《しかん》させる。

「はぁ……、はぁ……っ」

萎《な》えた肉棒が引き抜かれると、ドプリと白濁が蜜口から溢れ、いやらしく内股を濡らしていく。

「だめって……。……い、……言ったのに……」

取り返しのつかない焦燥感《しょうそうかん》に苛《さいな》まれたアメリアを引き寄せ、ジョシュアはさらなる情交を求めてくる。

「そんなに怒らなくても、次は好きな場所にかけてあげるよ」

「違っ……」

拒絶の言葉は唇に奪われ、アメリアは、執拗に身悶えさせられた。

＊＊　＊＊　＊＊

気がつけば、陽は沈みかけ、空はオレンジ色に染まっていた。

中庭に訪ねてきていたグスタヴスとティーナの姿は、すでにいなくなっている。

いつまでも姿を現さないジョシュアとアメリアに呆《あき》れて、帰ってしまったのかもしれない。

乱されたドレスを申し訳程度に身に纏《まと》い、窓に凭《もた》れる格好で出窓に座らされたアメリアは、激しい性交の数々にぐったりしてしまっていた。

ティーナたちに詫《わ》びなければいけないのに、身体を起こす気力もない。

「……綺麗《きれい》だ」

そんな彼女の周りや髪、そしてドレスに、ジョシュアは棘《とげ》を抜いた純白の薔薇《ばら》を飾っていく。

「白い薔薇が……好きなの？」

こんなことをされても、薔薇など似合うわけがない。アメリアはジョシュアの手を振り払おうとするが、力が入らなかった。

せめてこれだけは……と、乱されたドレスを、気恥ずかしい思いで引き摺り上げる。

「白は好きだよ。僕の愛する人に似ている」

アメリアのホワイトブロンドを撫でながら、ジョシュアが顔を近づけてくる。

「白薔薇を選んだのは、君に似合うから」

薔薇ならば、どんな色でも美しいと思える。豪奢《ごうしゃ》で、気品があり、棘がある。まるでジョシュアそのものだ。アメリアには不釣り合いだ。飾るのはよして欲しかった。

「君は何色がいちばん好き？」

ふいに尋ねられ、アメリアはつい正直に答えてしまう。

「……そうね。赤が好きだわ」

すると、ラズベリッシュブラウンの美しい髪を持つジョシュアが意味ありげな微笑《ほほえ》みを浮かべた。

「ふうん」

「……薔薇の話よ」

素っ気なく言って、アメリアは出窓から立ち上がろうとするが、ジョシュアの腕に囚《とら》われ、そしてふたたび座らされる格好にされる。

「赤い薔薇は君には似合わない」

その言葉が、ジョシュアには不釣り合いだと思い知らされるようで、泣きたくなった。

「そうかもしれないわね」

アメリアが瞼を伏せると、唇が触れそうなほど近づけられる。

「当然だよ。……君に寄り添う赤は、僕だけでいい」

「……なっ⁉」

そしてジョシュアは、アメリアの唇を奪う。

「……んっ、……ふぁ……」

先ほどの激しい情交の合間に与えられたキスとは違う、慈愛《じあい》に満ちた口づけだった。

そっと角度を変えて、掠める唇の感触に、ジンと胸の奥が痺《しび》れていく。

「アメリア……」

ジョシュアが呼ぶ声が、ひどく愛おしげに耳に届いて、アメリアは泣きたくなってしまっていた。

こんな口づけはやめて欲しかった。ひどい扱いだけしてくれたのなら、ここから立ち去ることの苦しみが、少しは薄れる気がするのに。

「わ、私に……、こんなことして……、ティーナに申し訳ないと思わないの？」

泣きそうになりながら、アメリアが尋ねる。すると、ジョシュアは、それがどうしたとばかりに言い返した。

「全然？　どうってことはないよ。彼女はもう大人だ。自分の足で歩いて、自分の考えで行く先を決める。君も妹離れをするべきだろう」

ティーナの願いを聞き入れると彼女に約束したのは、ジョシュアのはずだ。そんな不誠実なことを言うべきではない。

それに、ティーナは庇護《ひご》すべき少女なのだ。脆《もろ》くて繊細《せんさい》で、儚《はかな》い。アメリアよりもずっと傷つきやすい存在だ。

「……なにも知らないくせに」

だからこそ、アメリアは身を引いて、彼女の幸せを願っているのだ。ジョシュアは、まだテイーナのことを知らないのだろう。だからこそ、こんな冷たい言葉が告げられるのだ。

「君ほどじゃないよ。僕のかわいいおばかさん」

そう言って、ジョシュアは鼻先で笑いながら、アメリアの頰に口づけてくる。

「私はばかじゃないわ」

自慢ではないが、勉学を推進しているアルヴァラ王国の国立大学で、首席の成績で卒業することができたのだ。

そんな言い方はよしてほしかった。留学している間も、アメリアのことを監視していたというのなら、それぐらいジョシュアも知っているはずだ。

だが、彼は肩を竦《すく》めて続けた。

「じゃあ、おまぬけさんでいいかな。……あまりかわいいことばかりしていると、僕が堪えきれなくなって、今すぐ君の耳も唇も下の孔も、ぜんぶ塞いでしまうよ」

「からかわないで……っ」

冗談はやめてほしかった。どうして、アメリアが愚か者のように呼ばれなければならないのだろうか。妹の幸せのために、懸命に頑張っているだけだというのに。

「僕はいつも本気だって、なんども言っているのに、まだ覚えてくれないのか。まったく嘆《なげ》かわしいね。君の目には僕はどんな暴漢《ぼうかん》に映ってるんだい」

そう言って、ジョシュアは深く溜息を吐いた。そして人の悪い笑みを浮かべてみせる。

「……まあいいよ。そんなことより、愛し合おうか」

アメリアの華奢な手を取り、ジョシュアはその甲にそっと口づけた。

振り解《ほど》きたいのに、ただ息を飲むだけで、アメリアは硬直してしまう。

「……っ」

まさか、あれほど身体を繋げたというのに、まだ行為を続けようというのだろうか。

アメリアは驚愕に目を瞠《みは》る。

ジョシュアはそんなアメリアの身体を抱き上げ、ソファーに運んだ。そして、逃げられないようにするためか、両手を脇について覆《おお》い被《かぶ》さってくる。

「ジョシュア……ッ。もうやめて……」

昼間から、執拗に責め立てられているのだ。これ以上は壊れてしまう。

「君が妹を可愛がっているのは知ってるけど、……僕を譲《ゆず》ろうとするのは、赦《ゆる》せない。少しは反省するといいよ」

そう言って、彼は顔を近づけてきた。そして、耳の辺りに飾られていた白薔薇の花びらを唇で数枚散らして、薄く微笑んでみせる。

「……ジョシュアッ!」

ぞっと血の気が引いていく。白薔薇と同じように、彼はアメリアを踏みにじろうとしているように思えたからだ。

「君はもっと、どれだけ僕に愛されているか、思い知らないといけないよね」

アメリアの身体を貪《むさぼ》り始めたジョシュアは、そう静かに告げた。

第六章　花嫁への枷と施錠《せじょう》

翌日、アメリアが目覚めると、陽《ひ》はとうに昇《のぼ》っていて昼になってしまっていた。

ベッドから身体《からだ》を起こし、周りを窺《うかが》う。すると、あてがわれているゲストルームではなく、ジョシュアの寝室であることが解《わか》る。

また彼は、アメリアを抱き締めるようにして眠っていたのだろうか。そう思うと、頬《ほお》が赤く染まってしまう。

これ以上、ジョシュアを好きになってはいけない——。

解っているのに、火照《ほて》る頬や痛む心臓に引き摺《ず》られるように彼のことばかり考えてしまっていた。

アメリアがそんな感情を振り払うように、バスルームで身体を洗い、ドレスに着替えると、一通の手紙がテーブルに届けられていることに気づいた。

「これは……」

送り主は、アメリアの父からだった。手紙を開いてみると、妹のティーナが、昨夜邸《やしき》に戻らなかったことが記されていた。その上、泣きながら邸に戻るなり、部屋に閉じこもってしまったらしい。

昨日の昼間ティーナは、アメリアとお茶会をするのだと、幸せそうに出かけたらしい。その後、なにがあったのかと、心配した父がアメリア宛に手紙を言づけてきたのだ。

「ティーナ……」

昨日、ジョシュアに窓辺で抱かれていたアメリアは、ティーナがいつ王城から去ったのか気づかなかった。もしや帰り道に、なにか恐ろしい目に遭《あ》わされたのだろうか。

アメリアはザッと血の気《け》が引いた。

ティーナと昨日一緒にいたのは、悪名高いグスタヴスだ。彼女が楽しそうにしていたので、アメリアは危機感を抱くことはなかった。だが、あんな恐ろしそうな相手とふたりきりにすべきではなかったのだ。

「なんてこと……。ティーナ……」

手紙を握り締め、アメリアはジョシュアの部屋を飛び出した。そして、急いで父と妹のいる邸へと馬車で駆けて行った。

そうして、ようやく邸の門まで近づいたとき――。

四頭引きの豪奢《ごうしゃ》な馬車が、門の前に停《と》まっていることに気づいた。

いったい、そんなところで誰がなにをしているのだろうか？

不思議に思ったアメリアが、自分の乗っている馬車を停めさせて、窓から顔を出す。

「あの、こんなところでなにを……」

訝《いぶか》しく思いながら声をかけると、いきなり勢いよく、停まっていた馬車の扉が開く。

そして、ひとりの青年が馬車から飛び降りてくる。

現れたのは、妹のティーナに結婚を申し込んだ伯爵《はくしゃく》子息ロブ・ディセットだった。

彼はアメリアの乗っている馬車のタラップに勝手に上ると、窓から顔を突き出し、捲《まく》し立てるようにして言った。

「アメリアッ。まさか、ここで会えるなんて……っ。アメリアにどうしても会いたいと言ったのに、今日は王城で門前払いを喰《く》らって……、邸に来てもいないと帰されて、お、俺は……っ！」

いったいなにがあったのだろうか。

アメリアは、まさかティーナのことではないのかと、ロブに食ってかかる。

「まさかティーナになにかあったの⁉　昨日のこと、なにか知っているの？」

「昨日？」

するとロブが首を傾《かし》げた。

「違うの？　あの……。ごめんなさい。私、急いでいるの。お話は今度にしていただけないかしら」

謝罪して、邸の敷地内に馬車を向かわせようとする。だがそれを遮《さえぎ》るように、ロブが窓から腕を伸ばして、アメリアの肩を摑《つか》んでくる。

「急いでいるなら日を改める。でもこれだけは言っておく。父が誤解して、間違いが起きたが……俺が本当に結婚を申し込みたかったのは、お前だ。アメリア！」

アメリアはとつぜん告げられたロブの告白に、血の気が引いて、そのまま卒倒しそうになってしまった。

＊＊　＊＊　＊＊

意識を失いそうになりながらも、アメリアは詳しい話は後日にしてもらい、ロブに帰宅を促《うなが》した。このことを知れば、ティーナは深く悲しむかもしれない。いや、彼女が愛しているのは、ジョシュアなのだ。これで父を悲しませる心配もなくなって、願う相手と結ばれることができると喜ぶに違いなかった。

相手はこの国の王子なのだ。父も反対はしないだろう。

——残されたのは、行き場をなくしたアメリアの恋心だけだ。

アメリアは首を横に振ることで、自分の感情を払うと、馬車を降りて、ティーナの部屋へと駆け出していった。

「ティーナ、いるの？」

階段を駆け上り、部屋をノックすると、中からガタリと大きな音が聞こえる。

「ティーナ⁉」

もういちど名前を呼ぶ。すると部屋の奥から、こちらへ駆けてくる足音が聞こえた。

「……お姉様っ！　私、……、私大変なことをしてしまったの……、どうしよう。あの方に嫌われてしまったわ。もうにどと口を利《き》いていただけない」

アメリアの胸に顔を埋《う》めて、泣きじゃくるティーナを呆然《ぼうぜん》と眺《なが》める。

「なにがあったの？」

「わ、私……、私……。わぁぁ……っ」

こんなにも動揺しているティーナを見たのは、生まれて初めてだった。もしかして、アメリアとジョシュアの関係を知って、自暴自棄《じぼうじき》になったティーナがなにかしでかしたのではないかと、真っ青になってしまう。

「ティーナ、……お、落ち着いて……」

アメリアはティーナを宥《なだ》めると、ラベンダーを摘《つ》んでフレッシュティーを淹《い》れた。

ラベンダーは香り高いだけではなく、鎮静効果があり、安眠にも素晴らしく効果を発揮《はっき》するハーブだ。

温かいラベンダーティーを口にすると、しばらくして、ティーナがやっと涙をとめてくれる。

「大丈夫？　……もしかして、私のせいで……？　ごめんなさい。ティーナ……」

アメリアが胸を切り裂かれるような気持ちを抱きながら謝罪すると、ティーナがしゃくり上げながら首を傾《かし》げる。

「どうして、お姉様が気に病《や》むの？」

「え？　あの……違うの？　じゃあ、いったいどうしてあなたは泣いていたの」

どうやら原因は違ったらしい。それでは、彼女をこんなにも動揺させたのは、いったいなんだったのだろうか。

ティーナはラベンダーティーの入ったカップを、テーブルに置くと、真っ赤になりながら口を開く。

「私、愛する方を襲《おそ》ってしまって……」

「……襲う？　ジョシュアを？」

あんなにも力強いジョシュアを、どうやって非力なティーナが襲ったのだろうか。

もしや言い間違いで、ジョシュアに襲われたというのだろうか。

「な、なんてこと……」

心臓が止まりそうなアメリアに、ティーナは怪訝《けげん》そうに首を傾げた。

「ジョシュア殿下《でんか》はお姉様の愛するお方でしょう？　私がお慕《した》いしているのは、グスタヴス様よ」

アメリアはその言葉に、頭の中が真っ白になってしまう。いったい、なにがどうなっているのだろうか。

「わ、私がジョシュアを好きだって……、あなたがどうして知っているの……」

「なぜって、そんなの五年前から知っていたわ。お父様もそうよ。あんなにかわいらしいお顔で殿下のお話をされていたのだから、誰にでも解るに決まっているもの。それに殿下もお姉様のことを心から愛していらっしゃるわ。あんなに夢中になっていただけるなんて、羨《うらや》ましい」

アメリアが恋を自覚したのは、つい最近だというのに、家族は皆、その気持ちを知っていたらしい。その上、ジョシュアの気持ちも手に取るように解っていたなんて。

それでは、この五年はいったいなんだったというのだろうか。

「……そんな……」

目の前がグラグラと揺らぐ。ずっと悩んでいたというのに、もしかしてすべてが無駄だったのだろうか。

「今も、とてもかわいらしいお顔をしているわ。ああ。私もお姉様みたいに美しかったら、グスタヴス様も愛してくださったに違いないのに」

ふたたび泣きそうになってしまうティーナの手を、アメリアはぎゅっと摑《つか》む。

今は自分のことよりも、大事な妹のことだ。

「いったいなにがあったの。言いにくいことかもしれないけど、もっと解りやすく説明してくれないかしら」

もしやグスタヴスが無理やりティーナを陵辱《りょうじょく》したのだろうか。

そんな考えが浮かんで、恐ろしさにアメリアはガタガタと震えてしまう。

「さっき言った通りなの。グスタヴス様は潔癖性《けっぺきしょう》で、人に近寄られたくないのに……。私、どうしてもお嫁《よめ》さんにしてほしかったから、嫌がるあの人を無理やり押し倒して、身体を繋げてしまって……。どうしよう。あんなことをした私のことなんて、もう顔も見たくないに違いないわ」

話を聞いていたアメリアは、状況を把握《はあく》するのにかなりの時間を要してしまう。

つまりは、暴挙を働いたのは天使だと思っていたティーナで、あの一見恐ろしいグスタヴスは被害者ということになる。

襲われたのではなくてよかったと言うべきなのか。それとも、この状況を嘆《なげ》くべきなのだろうか。

「……グスタヴス様のもとに行って、お話を……伺《うかが》うしかないんじゃないかしら……」

アメリアは、懸命に平静を保とうとした。だが、あまりの驚きに、目を泳がせるしかなかった。

グスタヴスの潔癖性はかなり重度のものらしく、彼は生まれながらの邸を古くからの使用人に任せ、自分はブランシェス王国一と名高いホテルのラグジュアリールームを借り切って生活しているらしかった。

ティーナによれば、他人が部屋に入室することを良しとしない彼は、掃除も自《みずか》ら行っているのだという。慣れた手つきで、紅茶を淹《い》れていたのも、そのためだったらしい。そして、不測の事態で、仕方なく部屋に招いてくれたグスタヴスを、ティーナは強引に襲ったらしい。

冗談だとしか聞こえない話だ。もしや、グスタヴスを庇《かば》うために、ティーナは嘘《うそ》を言っているのではないかと疑いもした。だが、彼女の決意を秘めた眼差しをみていると、真実だとしか考えられない。

* * *

「ここね……。行きましょう」

アメリアは、ホテルの豪奢《ごうしゃ》なエントランスに向かい、フロントのコンシェルジュに彼に会うための伝言を頼んだ。

しかし返事は、ティーナだけなら部屋に通してもいいということだった。

「……そんな……」

ティーナひとりでは心配だった。アメリアが不安な面持《おもも》ちで彼女を見ると、なぜかティーナは喜色満面《きしょくまんめん》の笑みを浮かべていた。

「ティーナ？」

アメリアは呆然《ぼうぜん》とするしかない。

「よかった！　グスタヴス様が会ってくださるなんて、まだ望みはあるのね。お姉様、ここまで連れてきてくださってありがとう。心配かけてごめんなさい。もう大丈夫だから、お城に戻って？」

そう言って、ティーナはグスタヴスのもとへと駆けて行ってしまった。

ロビーに残されたアメリアは呆然《ぼうぜん》とするしかない。

か弱い天使のような少女の面影《おもかげ》は、どこにも感じられない。もはやその後ろ姿は、恋への衝動で突き進む女そのものだ。

「……お父様にご報告しないと……」

しかし、いくら心配しなくてもいいと言われたからといって、ティーナをホテルに置いていってもいいものなのだろうか。

アメリアが考え込んでいると、王室の衛兵《えいへい》が数人、こちらに向かってくる姿が見えた。

なにか問題でも起きたのだろうか。

ここにいては邪魔《じゃま》になるだろうと、ホテルの隅《すみ》に足を向けようとするが、衛兵たちはアメリアを追って来る。不安は的中したのか、アメリアが足をとめると、目の前で衛兵たちが跪《ひざまず》く。

「……もしかして、殿下がなにかおっしゃっているの？」

こめかみを押さえながら衛兵たちに尋《たず》ねると、彼らは神妙な顔で頷《うなず》いた。

「はい。アメリア様を至急お連れするように仰《おお》せつかっております」

ちょうど、アメリアもジョシュアと話したかったのだ。

「少し待ってくださるかしら？」

アメリアはホテルのロビーで便箋《びんせん》を借りた。そして父に向けて『ティーナには少し時間を与えてほしい』と手紙を書き、それを家の御者に言づける。

「行きましょう……」

そうして、衛兵たちに連行されるように、アメリアは王城に向かうことになった。

＊＊　＊＊　＊＊

逃がさないとばかりに、衛兵たちに周りを囲まれて、アメリアは執務室へと連れて来られた。

入室するときは、当然だが、たったひとり。衛兵たちのピリピリした様子から、ジョシュアの怒りが伝わってくるようで、室内に入ることが躊躇《ためら》われた。だが、そんな彼女を、衛兵たちは、人身御供《ひとみごくう》だとばかりに押し込んだのだ。ジョシュアは近々行われる大きな式典の準備に追われていて忙しいらしい。そんななか、アメリアが姿を消してしまったためかなり取り乱していたのだという。

「浮気者。僕の了解も得ずに城を出るなんて、いい度胸《どきょう》だね」

アメリアの姿を見るなり、執務室の椅子《いす》から立ち上がったジョシュアが告げた言葉に、啞然《あぜん》とする。

「浮気だなんて人聞きの悪いことを言わないで！　私はなにもしてないのに。……ティーナが泣いて帰ってきたからと、心配した父に呼び出されたのよ」

アメリアがなにをしたというのだろうか。妹を心配して邸に戻っていただけだ。なにも疚《やま》しいことはしていない。

「ジョシュアだって、私に嘘をついていたくせに！　ティーナがあなたを好きだなんて、よくもそんなことが言えたわね」

耳まで顔を真っ赤にして、アメリアは激高《げっこう》した。すると、ジョシュアがムッとした様子で反論してくる。

「それは君が勝手に誤解したんだろう？　ティーナが僕のことを好きだなんて、一言も口にした覚えはないよ。『僕たちのことを知ったら、彼女はどう思うだろうね』と君に聞いただけだ」

確かに最初に誤解したのはアメリアだった。しかし真実を語ろうとせず、さらに誤解させるように仕向けたのは、ジョシュアのほうだ。

「わ、私が誤解しているのを知っていたくせに」

涙目で睨《にら》みつけながらアメリアが声を荒らげる。すると、悪びれもせずに彼が答えた。

「だって、こうでもしないと、アメリアは僕のもとから去ってしまうだろう。ティーナが僕のことを好きだということにしておいたから、君は城にいてくれたんじゃないか」

確かに勝手な誤解からジョシュアを避《さ》けたのはアメリアだ。しかし、こんな嘘までついて、城に留めさせ、あんな行為の数々を強要するなんて、許されることなのだろうか。

「もう知らない。勝手にして！」

恥ずかしさのあまり踵《きびす》を返して、アメリアはその場を立ち去り、邸に戻ろうとした。

――しかし。その後ろ姿に、静かな声でジョシュアが尋ねる。

「そうか。じゃあ勝手にするよ。……君を王族略取の罪で、このまま監禁《かんきん》できるんだけど。どうする？　このまま僕に愛されるのと牢《ろう》への拘留《こうりゅう》と、どちらがいいか選ばせてあげるよ」

どちらを選んだとしても、アメリアは邸に帰れない選択肢《せんたくし》しかない。

不穏な言葉に、アメリアは恐る恐る彼を振り返る。

「なんのこと？　私は誰もさらってないわ」

彼の意図が解らず、アメリアは困惑《こんわく》するしかなかった。呆然と立ち尽くしていると、ジョシュアは優雅な足取りで近づいてくる。そして後ろから腕を回してきて、そっと下腹部を撫《な》でた。

「君のお腹に、僕の子供ができているかもしれない。だから、君がここから去るのは王族の略取だ。解ったかい」

ジョシュアの身勝手過ぎる言葉に、アメリアは啞然《あぜん》としてしまう。

「あなたが無理やりあんなことをしたのよっ。被害者のどうして私が罪に問われるの⁉　そ、それに……子供だなんて……」

確かにジョシュアは、アメリアを抱いた際、子宮口に向かって熱い飛沫を浴びせかけた。子供ができていないとは言い切れない。だからといって、この扱いは酷《ひど》すぎる。

アメリアは、信じられないとばかりに、ブルブルと頭を横に振った。だが、ジョシュアから愛おしげに耳朶《みみたぶ》に口づけられて、ギクリと身体が強張《こわば》る。

ジョシュアに腕が回され、ふわりと鼻腔《びこう》を擽《くすぐ》るのは、彼がいつも身に纏《まと》っているフレグランスだ。その微《かす》かな甘く官能的な香りに、眩暈《めまい》がしてしまう。

「経過はどうあれ、僕と君が密接な関係を持ってしまったのは事実だ」

そう言ってのけると、ジョシュアはアメリアの華奢《きやしや》な首筋に唇《くちびる》を這《は》わせ始める。

「や……ンンッ」

アメリアはくすぐったさのあまり首を竦《すく》めた。

「いいね。僕たちは明日《よじ》にでも、結婚するんだ」

ビクビクと身体を捩る彼女に、ジョシュアが甘い声で囁《ささや》く。声音《こわね》は優しいのに、拒絶などさせないとばかりの言葉だ。

「……いや……、まだ私は……」

アメリアはまだ心の整理がついていないかった。

五年前、ジョシュアを一方的に誤解してしまったこと。

そして、大切な妹が彼を好きだと思い込んでいたこと。

いつしか、彼に恋していたことへの自覚。

すべてが目まぐるしく、自分は人に恋慕《れんぼ》を抱いたことがないと信じていたアメリアは、どうしていいか解らない。こんな状態で、結婚するのは躊躇《ためら》われた。

せめてもう少し落ち着くまで、結婚するのは待ってほしかった。

「どうして、僕を拒《こば》むの？　もしかして君に他に好きな人がいるってこと？」

焦《あせ》った様子でジョシュアが尋ねてくる。彼は絶対に放さないとばかりに、ぎゅうぎゅうと抱き締めてくる。

「拒んでいるんじゃないわ。……ほんの少し時間がほしいだけ。私は、まだあなたに謝罪もしてないのに」

申し訳なさに眉《まゆ》を顰《ひそ》めながら、アメリアが告白すると、彼は肩を竦《すく》めてみせた。

「気になるなら、今すぐ謝罪すればいいだけだろ」

そう言うと彼は、重厚な執務机の卓上に並んでいた書類や万年筆などをすべて床に落とす。

「……ジョシュア……？」

彼の行動を怪訝《けげん》に思い、アメリアが首を傾げてすぐに理由に気づかされた。

「なっ、なにをするの⁉」

アメリアの震える身体が、卓上へ仰向《あおむ》けに押し倒されたからだ。そして、逃がさないとばかりに、ジョシュアが上から覆《おお》い被さってくる。

「君が望むなら、今すぐ跪《ひざまず》いてあげる。僕ほど尽くす男なんて他にいないよ。……もちろん、ここで拒絶されても、生涯《しょうがい》、君に他の男なんて近寄らせないけど」

傅《かしず》くと言いながらも、彼はのしかかる体勢で、アメリアを抱き締めてきた。

これでは身動きが取れない。

もしかして、ジョシュアは、自分をこうしていたぶることで、アメリアが彼を傷つけてしまった憂《う》さを晴らしているのだろうか？

そんな考えが浮かんで、アメリアは申し訳なさから泣きそうになる。

「ごめんなさい。私、あなたにひどいことしたわ。……疑って、傷つけるような真似して」

五年前、強引にアメリアを手にいれようとするジョシュアが、とても恐ろしかったのだ。だから、手練手管《てれんてくだ》で口説《くど》こうとする彼を、疑うような真似をしてしまった。

「疑われても仕方ない。ぜんぶ過ぎたことだ」

そう言って、彼はアメリアにキスをしようとする。

本当に、許されてもいいのだろうか？

五年もの月日を無駄にしてしまったというのに。

自分は彼に求められるだけの価値があるのだろうか？

アメリアは、そう思うと不安で堪《たま》らなかった。

「やっぱり私は……、ジョシュアには相応《ふさわ》しくないと思うの……、だから……」

――だから、傍《そば》にはいられない。

そう続けようとしたアメリアの言葉を遮り、ジョシュアが諭《さと》す。

「……本当に謝罪する気があるなら、これからの時間をすべて使って、君は僕に詫《わ》びていくべきだろう」

その通りだった。アメリアは身を引く前に謝罪しなければならない身だ。

彼に詫びるためには、いったいなにをすればいいのだろうか。まさか、飽《あ》きるまで身体を渡せというのだろうか？　アメリアは不安な気持ちで彼を窺《うかが》う。

「……私は、……どうすればいいの？」

すると、ジョシュアは薄く笑って尋ねてくる。

「本当は僕が好きだろう」

渇《かわ》ききった喉《のど》を少しでも潤《うるお》そうと、アメリアはコクリと唾《つば》を飲み込む。

彼はなにもかもすべて知っているのだ。もう逃げられない。

――おとなしく認めるしかなかった。

アメリアは疑いようもなく、ジョシュアを愛しているのだから。

「え……、えぇ……」

真っ赤になって、微《かす》かに頷くと、彼は皮肉げに笑ってみせる。

「たまには正直になってほしかったけど、これはこれで、怖いね」

やはりジョシュアは、アメリアが恋心を認めたら、興味をなくなってしまったらしい。

アメリアは泣きそうに顔を歪《ゆが》め、瞳を潤ませた。

だから、自分などつまらないと言ったのに。

「……っ」

しゃくり上げそうなアメリアの眦《まなじり》に、ジョシュアはそっと唇を押し当てる。

「幸せ過ぎてっていう意味だよ。僕のかわいいおばかさん」

嫌われたわけではなかったらしい。アメリアがホッと息を吐く。

「そんな顔をされると、堪らないよ。……お願い、もっとキスさせて」

ジョシュアはそう囁くと、なんどもなんどもアメリアの頬《ほお》や唇《くちびる》にキスの嵐を降らせる。

「……や……、くすぐったい……っ、も……、やぁ……っ、ジョシュアったら」

抗《あらが》う言葉を口にしながらも、彼の柔らかな唇の感触が心地いい。アメリアは、こんなにも満ち足りた気持ちは初めてだった。

「くすぐったがる顔もいいね。……こんなに夢中にさせて、僕をどうしたいんだ？」

そうして、ジョシュアはアメリアに口づけていたのだが、ふいに唇を放した。

「それじゃあ、両思いになったお祝いに君に聞こうか」

アメリアはそっと彼の胸に手を置いて、縋《すが》りつくような格好で小さく頷く。

「ええ……。なにか私に聞きたいことがあるの？」

なんでも聞いてほしかった。今なら素直に答えられる。そう思ったからだ。

――だが。

「今すぐ君を抱きたいんだ、構わないよね」

淫《みだ》らな問いに、アメリアは顔から火を噴《ふ》きそうなほど赤くなって、抗おうとした。

「だ、だめ……」

キスだけではだめなのだろうか。それだけでも充分に心が満たされるのに。

「どうして？」

ジョシュアはアメリアにのしかかり、息がかかるほど顔を間近に寄せてくる。

「まだ結婚するつもりはないし……、それに……」

妹のティーナのことも心配だった。あのあとグスタヴスに酷い目に遭《あ》わされていないのかが気にかかる。王子であるジョシュアと結婚すれば、家族にも会いにくくなってしまうのだ。

今日のように王城を飛び出すことなど、不可能になってしまう。

それだけは躊躇われた。

口籠《くちご》もるアメリアに、ジョシュアが冷たく言い放つ。

「他国に行っても無駄だったっていうのに、まだ僕を拒絶するつもり？　諦《あきら》めが悪いね。僕が傍にいなくても、君の行動なんてぜんぶ筒抜《つつぬ》けだ」

その言葉に、ずっと疑問に感じていたことを思い出す。

「あなたは、いったい誰に私のことを聞いていたの」

アメリアの交友範囲は少なかった。いくら考えても解らないのだ。

「あれだけアップルパイを作らされてまだ解らないんだ？」

ふいにアメリアの脳裏《のうり》に、叔母《おば》と仲良くなった顔も知らぬ友人のことが思い出された。

相手はなんども邸にやって来たのに、人見知りだからとアメリアに会おうとしなかったのだ。

「あっ」

だが、アメリアは叔母が元気になったのは、その人のお陰《かげ》だと思って、好物だというアップルパイを焼き続けていた。まさかそれが、ジョシュアだとも気づかずに。

「僕はあの邸に泊まったこともある。だから、寝ている君にキスできたんじゃないか」

王子の身で、お忍びで他国に泊まるなんて、あるまじき行為だ。

それよりも、寝ている淑女《しゅくじょ》の部屋に入り込みキスをするなんて、許されることなのだろうか。

「……な、なにして……」

だがこの国には、王位継承権を持つ彼を裁《さば》ける法律などないのだ。

アメリアはずっとジョシュアに会いたくて寂《さび》しい思いをしていた。それなのに、相手は眠る自分の唇にキスをしていたなんて、信じられない。

「君の従兄《いとこ》を探し出したのも僕だ。いい加減《かげん》、帰国してもらって結婚したかったからね」

叔母と仲違《なかたが》いして駆け落ちした従兄は偶然見つかったのだとばかり考えていた。

従兄は妻と子供を連れており、叔母の心からの笑顔を見ることができたのだ。それもジョシュアのお陰だったなんて――。

アメリアは初めて明かされる事実に、呆然《ぼうぜん》とするしかなかった。

「……そ、そんな……」

つまりジョシュアはアメリアにとって、数少ない親戚《しんせき》を救ってくれた恩人ということになる。

「後は大学で悪い虫がつかないように、教会に多額の寄付を渡して、そこの娘に君を監視してもらっていたんだ。ミーアは人見知りで声をかけるのは大変だったそうだけど、おかげで生まれて初めて友達ができたんだと喜んでいたよ。これが持ちつ持たれつという奴《やつ》だね」

まさかずっと友達のミーアまで買収されていたとは、思ってもみなかった事態だ。

人と付き合うことに慣れていないアメリアが、留学してすぐに友達ができたことは驚くべき出来事だった。その喜ばしい事態も、ジョシュアの手の上だったとは。

「嘘でしょう……？」

豊穣祭《ほうじょうさい》を前にしたミーアが、アメリアには運命の相手がいるのだと言っていたことが思い出される。

『いるのよ。あなたが気づいていないだけで、ずっとすぐそばに』

あの言葉が示していたのは、ジョシュアだったのだ。

アルヴァラ王国にいっていたアメリアのことを、彼が知り尽くしているのは当然だ。邸内のことは叔母に聞けばいいのだし、大学や休日のことは、ミーアに聞けば済むのだから。

その上、彼女たちに、自分がアメリアの恋人だと言い張って、他の男を近づけないようにしたのだろう。

「君が初めて出会った日に、僕に言ったんだ。なにが相手のためになるか考えて行動し、本当に困っているときこそ、手を貸したら愛してもらえるって」

それは怪我《けが》をしていたジョシュアに初めて出会った日。

町医者のところでアメリアが彼に告げた言葉だった。

「僕は恋に臆病《おくびょう》な君に五年の月日を与え、根気よく遠くから見守り、君の家族や親戚のために手を尽くした。そろそろ、願いを叶えてもらってもいいんじゃないかな？　まさかあの言葉が嘘だったなんて言わないよね」

叔母はジョシュアのお陰で幸せになり、彼は、妹のティーナとグスタヴスの恋にも尽力《じんりょく》してくれようとしていた。

それはすべて、アメリアの愛を得るためだったらしい。

「君は自分の言葉に責任を持って、僕を愛さなくてはならないとは思わないか」

呆気《あっけ》に取られてしまっていたアメリアは、はたと気づく。

「……あなたに迷惑をかけて、ごめんなさい。いろいろありがとう」

知らぬ間に世話になってしまっていたのだから、お礼をいうべきだ。だが、アメリアの感謝の言葉を聞いた彼は、皮肉げな笑みを浮かべた。

「謝ってほしいわけじゃない。僕は君に愛されたくて、やったことだ」

ジョシュアはそう言いながら、アメリアのドレスの紐を解こうとする。

「なにかお礼をさせてほしいの」

彼の手を押さえ、アメリアは卑猥《ひわい》な行為をやめさせようとした。恩人に身体でお礼をするなど、不道徳なことは許されない。

彼には誠心誠意、お礼をするべきだ。そう思ったからだ。

「僕がほしいのは、君だけだと言っているだろう」

だが、呆《あき》れたようにジョシュアに呟《つぶや》かれ、アメリアは戸惑《とまど》ってしまう。

「ジョシュアは……どうして、そんなに……」

生まれて初めて拒絶した存在に、彼は妄執《もうしゅう》しているだけではないのだろうか。アメリアには、それほどまでに恋い焦《こ》がれられる価値などないように思える。

「どうして僕がこんなにも君が好きか、聞きたい？」

言葉に出されると、いっそう気恥ずかしくなってしまう。ジョシュアに自惚《うぬぼ》れていると呆れられないかということまで、不安になってくる。

「……っ」

気まずさからアメリアが目を逸《そ》らして、固く唇を噤《つぐ》む。すると、ジョシュアは愉《たの》しげに口角を上げて、彼女の耳朶を濡れた舌で舐《な》めた。

くすぐったさに目を丸くすると、ジョシュアがクスクスと笑う声が聞こえた。

「理由を聞かないと、安心できない？　それとも、君への賛辞を並べ立てられたい？　まあ、どちらでもいいよ。君がそれを望むのなら、気が済むまで言ってあげる」

そうして、ジョシュアは静かに語り始めた。

「少しは気を許していた人間に裏切られ、怪我を負った人生最悪の日に、今まで見たこともないほど綺麗《きれい》な女の子に出会った。かわいい顔をして容赦《ようしゃ》がない彼女は、傷口に塩を塗《ぬ》り込むように説教してきた」

確かに、身も心も傷ついている相手に、告げるべきではない話をした覚えがある。

アメリアは恥ずかしさと申し訳なさから、赤くなったり青くなったりしながら、ジョシュアの話を聞いていた。

「そのとき、僕は生まれて初めて心を揺さ振られたんだ。そして思った。この子の傍にいたいって」

普通なら相手のことを恨《うら》んでもおかしくない状況だ。どうして、そこで恋などできるのだろうか。アメリアには意味が解らなかった。

「あの日から、僕は君のことで頭がいっぱいなんだ。もちろん、ちゃんと王子としての務めは精一杯果たすよ。でもね。……他の時間は、君だけに使うと、そのときから心に決めている」

愛おしげに頰を撫でてくる彼を見上げながら、アメリアは眉根を寄せた。

「もしかして……、あなた怒られるのが好きなの？」

世の中には、蔑《さげす》まれて暴力を揮《ふる》われることで至上の快感を得る趣向の人間が存在すると聞いたことがあった。アメリアはそんな人はいるわけがないと思っていたのだが、もしかして、ジョシュアも同類なのだろうか。

だが、彼は苦々しい顔つきで笑い飛ばす。

「さあ？　僕は父にも叱られたことがないから、解らないな」

それではアメリアが物珍《ものめずら》しいから好きになってくれたということなのだろうか。だとすれば、飽きてしまえば、捨てられるのではないだろうか。

「そんな心配そうな顔をしないでくれないか。大丈夫だよ」

なにが大丈夫なのか、アメリアにはさっぱり解らない。するとジョシュアは続けて言った。

「僕を罵倒《ばとう》したのも、逃げたのも、抗うのも、甘えてくれるのも、愛してくれるのも、眩《まぶ》しい笑顔を向けてくるのも、君だけだ。君は僕に人としての感情を与えてくれる。……まあ、同じ事をほかの奴にされても、鬱陶《うっとう》しくて切り捨てたくなるだけだろうけど」

つまり本当に、アメリアのことを想《おも》ってくれているのだろうか。だが、やはり釈然《しゃくぜん》としなかった。すると、怪訝そうにしている彼女に気づいたのか、ジョシュアが薄い笑いをうかべて、見下ろしてくる。

「……こうして僕は、君に優しく接しているけど、本当はね」

羞恥に体温が上がってしまっていたアメリアの首筋を、ジョシュアの手先がそっと辿る。

「今すぐ鎖《くさり》に繋いで、永遠にベッドに監禁してあげたいぐらいなんだけど、解ってるの」

激しい執着を匂わせた言葉に、アメリアは身体を強張《こわば》らせた。

「……っ」

本当に、そんなことをするつもりなのだろうか。ビクビクと怯えながら、ジョシュアを窺《うかが》う。

「怯えなくていいよ。君が素直に僕を愛していると認めればいいだけだ。できるだろう?」

歌うように優しく尋ねられる。だが、恐ろしさは変わらない。

「わ、私……」

彼は本気で、アメリアを繋ぐつもりに思えてならなかった。

「ふうん、……言わないつもり?」

ジョシュアは冷ややかな声で呟く。脅されている気分で、アメリアは息せき切って言った。

「あ、愛して……る……。お願い……ジョシュア。……私、繋がれるなんて、いや……」

ヒヤシンス色の瞳を潤ませながら、ついにアメリアが告白した。すると、いきなりジョシュアが狼狽《ろうばい》し始める。なんだか彼の顔が赤くなっている気がする。

「アメリア、いきなりそんなことを言われると、心の奥まで蕩《とろ》けてしまいそうだよ。……もちろん、蕩けるだけじゃなくて、抱きたくて堪らないわけだけど」

ジョシュアから、本当に偽《いつわ》りない言葉なのかと、探るような眼差《まなざ》しが向けられる。

「……な、なに、言って」

視線に戸惑いながらも、アメリアがジョシュアを見返すと、彼は深く息を吐いた。

「あまり見つめないでよ……アメリア」

こんなふうに動揺した彼を見るのは、初めてだった。

「どうして？」

ジョシュアは照れた様子で目を泳がせている。

「君の瞳に僕が映っていると思うと、平静ではいられない。……恥ずかしくて困る」

今さらなにを言っているのだろうか。

「あれだけ好き勝手なことをしておいて⁉」

アメリアにいやらしい真似をなんどもして、淫らな言葉で責め立て続けた男が発していると は思えない台詞《せりふ》だ。

「……だから、できるだけ顔を見ないようにして、後ろから抱いてあげてたんだ」

『抱いてあげる』なんて恩着せがましい言い方をしているが、アメリアが望んだことではないし、そうなった原因はジョシュア本人だ。

「後ろから触られるのは、怖いのよ。……そ、そんな理由でだったなんて、信じられない！」

彼に対する呆れと、恥ずかしさでアメリアは声を荒立てる。

「そう？　じゃあ、正面から愛してあげる。それでいい？」

すると、不思議そうにジョシュアが首を傾げる。

「恥ずかしいからって……」

呆れるあまり、アメリアは呆然と呟く。そして、じっとジョシュアの顔を見つめると、はにかむジョシュアが顔を赤くする。

「少しぐらいなら我慢できるよ」

どうやら堪えきれずにいちど照れてしまうと、格好を戻せなくなる性格らしい。

「でも、僕は君に対してだけ、どうしても照れてしまう。だから初めて触れたときも目隠しして塞《ふさ》いだんだ。お願いだから、あまりこちらを見ないでくれないか。……今も、君の目を塞ぎたくて堪らないよ。……息が苦しいぐらいだし」

そう言ってジョシュアは深い息を吐いた。

「……あなた、どういう神経なの⁉　意味が解らないわ」

あれだけ淫らな真似をして、アメリアを翻弄《ほんろう》した人物と同じだとは思えなかった。

別人が身体に入り込んで、喋《しゃべ》っているのではないかと疑ってしまうほどだ。

「僕の頭の中なら、わざわざ疑問に思ってくれなくても、君を求めることでいっぱいだ」

きっぱりと断言するジョシュアに、紛《まぎ》れもなく彼本人だと痛感した。悲しいぐらいに。

そして、ジョシュアは少し落ち着こうとしているのか、アメリアの身体をぎゅっと抱き締めてくる。触れた身体から、自分のものではない鼓動《こどう》が伝わってくる。

その心音は、壊れそうに早い。ジョシュアは偽りなど口にしていないのだ。

「ねえ。……目を閉じてよ。アメリア」

いつも強引なくせに、今に限って情けない声を上げないでほしかった。そんな言い方をされては、断れなくなってしまう。

「少しだけなら……」

躊躇《ためら》いながらもアメリアが了承すると、ジョシュアはホッと息を吐いた。

「うん、それでもいいから」

彼はアメリアの肩口に唇を押し当て、透けるように白い肌をなんども啄《ついば》む。

「くすぐったいわ」

首を竦《すく》めながら、訴えた。しかし、彼は項《うなじ》から唇を離そうとしない。

「……もう少しだけ……、やっぱり君は、甘くていい匂いがする。……もっとこうしていたい」

ジョシュアの高い鼻梁《びりょう》が、肌に擦れる感触に堪えきれず、アメリアが肩を揺すった。

「だめ……。……ほ、本当に……、くすぐったいの……」

すると、ジョシュアは拗ねてしまったのか、悪戯《いたずら》に肌を強く吸い上げてくる。

「痛っ。……もう、意地悪しないで……っ」

鈍い痛みにアメリアが批難の声を上げた。すると、彼はようやく唇を離してくれる。

「意地悪なのは、君だよ。……僕はもっと、堪能《たんのう》していたかったのに……」

まだ吸い上げ足りないとばかりに、ジョシュアが呟く。子供のように駄々を捏《こ》ねているが、彼のしていることは、淫らな行為だ。放っておくわけにはいかない。

「もうだめ。……ねえ……、ジョシュア。今日はこれで終わりに……」

彼に気づかれないように、そっと卓上から逃れようとしながら、アメリアが提案した。すると、ジョシュアは逃がさないとばかりに、彼女の両脇に手を置いて迫ってくる。

「……今日も、コルセットを外していたのか」

ジョシュアの言いつけに従ったはずなのに、今日の彼は不満そうだった。ムッとした様子で、呟く彼の声を聞き、首を傾げてしまう。

「あなたが、外していろって言ったんじゃない」

困惑《こんわく》しながら、アメリアは彼に言い返した。

「それは僕が傍にいるときだけの話だ。こんな無防備な格好で、胸を揺らして歩いていたなんて、許せないな。これはもう君を、お仕置きするしかないね」

横暴な宣言に、驚いてしまう。確かにコルセットを締めていなかったために、胸の形がそのままボディラインに出てしまっていたかもしれないが、厚めのドレスを着ていたのだから、透けていたわけではない。

ジョシュアにこんなふうに文句を言われるのは、割に合わなかった。

「急いでいたから、着替える余裕なんてなかっただけなのに、そんなのひどいっ」

アメリアは、妹のティーナがグスタヴスになにかされたのではないかと、心配する一心で急いだのだ。どうして仕置きなどされなくてはならないのか。

「ロブの前にも、この姿で？」

ギクリとアメリアの身体が強張る。

「……」

そして、返答をしなかった。アメリアは目を伏せているため、彼は顔色を窺うことはできないはず。きっと真実は解らない。そう願っていたのに、彼はアメリアの心の機微《きび》を察知してしまう。

「……ふふ。許してあげようかと思ったけど、やっぱりだめだな」

怒った声音《こわね》ではないように感じた。だが、どこか緊迫《きんぱく》した空気が漂う。

「誰かに会うなんて、思わなかったの」

焦《あせ》って言い訳するが、ジョシュアは聞く耳を持たない。

「出かけたいなら、君はまず僕に言うべきだろう。ここで手伝うと約束してあるんだから。つまり君は勝手な真似をした挙句《あげく》に、よりにもよってロブに会っていたというわけだ」

「でも、ロブは大切なお話があるって」

それが、アメリアへの告白だということは、ジョシュアに言えなかった。これ以上、彼を怒らせてはロブが大変な目に遭《あ》ってしまうのが目に見えていたからだ。

「知っているよ。だから、君に面会を求めてきたのを、追い返したんだし」

確かに、ロブはアメリアに会いに王城へ来たが、追い返されたと話していた。それはどうやらジョシュアの指示だったらしい。

「わざと……なの」

アメリアは驚きのあまり目を見開いてしまう。

「当たり前だろ」

だが、ジョシュアは気まずそうに顔を逸らしていたため、そのことに気づいてない様子だ。

「……もしかして、彼の気持ちも知っていて……?」

ただでさえジョシュアはロブのことを訝《いぶか》しんでいた。ロブの気持ちに気づかないわけがない。

だからこそ、アメリアが彼と話しているところを見て、ジョシュアは激高《げっこう》し、暴挙に走ったのだろう。

「もう、あんな奴のことなんて、どうでもいい。焦らさないで。キスさせて、……それ以上のこともしたい。僕だけを見てよ。なにも考えずに……」

そう切ない声で呟いたジョシュアが、アメリアの顔を見上げた。

ふたりの視線が絡むと、ジョシュアの身体がギクリと強張る。なんども目を合わせたことがあるはずなのに、やはり不意打ちに目が合ったり、凝視を続けると、彼は照れてしまうらしかった。

「アメリア……。やっぱり、僕を見るのは控えめにして」

ジョシュアはふいっと顔を逸らして、深く息を吐く。

「……勝手すぎるわ」

アメリアはつい呆《あき》れて嘆息してしまう。自分だけを見ろと言いながら、瞳を合わすと見るなと言うのはどういうことなのか。

「君がかわいすぎるんだから、しかたがないよ」

形のいい唇を尖らせて、ジョシュアはそう呟くと、アメリアのドレスのスカートを捲《まく》り上げてくる。

「や……、捲らないで……っ」

ドロワーズが露《あらわ》にされ、恥ずかしさからアメリアはスカートをもとの位置に戻そうと躍起《やっき》になった。そうして身体を揺らすと、ドレスの上着までずり落ちそうになってしまう。

「……え……っ⁉」

　いつの間にか、ドレスの紐まで解かれていたらしい。アメリアは庇《かば》うように自分の身体に手を回して、ドレスを押さえつけた。

「ジョシュアこそ、変なことばかり言って、いやらしいことをするのはやめてちょうだい」

　だが、ジョシュアがジョシュアに力で勝てるわけがなかった。無情にも、下肢《かし》に履《は》いていた薄く白い布地が引き摺《ず》り下ろされ、執務机の上というあり得ない場所で、色白な脚がさらけ出す格好にされてしまう。

「やぁっ」

　これでは五年前の二の舞だ。

「変なことなんて、言ってない。ぜんぶ本当だ」

　そうして、なにも隠す布地のなくなってしまったアメリアの脚を開かせ、ジョシュアは下肢に顔を埋めてくる。

「かわいい。それにいい匂いがする」

　アメリアの柔らかな内腿《うちもも》を、ちゅっと吸い上げたジョシュアは、熱く濡れた舌を、周辺に這《は》わせ始めた。

「ここも」

　媚肉の間に舌を伸ばし、固く蕾《つぼ》んだ蜜口をこじ開けようとする。

「……ん……っ！　や、やぁ……っ」

ビクビクと身体を引き攣《つ》らせながら、アメリアは腰を引かそうとする。だが、ジョシュアは強くお尻を引き寄せる格好で、強く顔を埋めてくる。

「ここの突起も」

じっとりと湿った秘裂に這わせ、花びらのような双つの突起を探り当てると、それを口腔に含み、舌先で花芯を抉《えぐ》りながら、舐めしゃぶり始めた。

「……ふ……っ、ん、んぅ……っ」

感じやすい部分を、ジョシュアのぬるついた舌に捏ね回されて、鈍い疼きが迫り上がってくる。喉の奥から込み上げてくるのは、身をうち震わせるほどの欲求だ。

高ぶる体温に、アメリアの肌がしっとりと湿っていく。

「はぁ……、はぁ……っ」

ジョシュアは次々に淫らな動きで、濡れた肉厚の舌を這わせた。

後孔《こうこう》の蕾《つぼみ》、蜜口、淫唇、花芯、媚肉。

ときには強く、そして優しく。

ぬるむ舌で滑らせるように擽《くすぐ》られ、抉るように舐め上げられ、唇で強く吸われる。

「……や、やぁ……っ、んんんぅ……」

その巧みな口淫《こういん》に、アメリアは咽頭《いんとう》を震わせながら喘《あえ》ぎを漏らす。彼の舌の熱さが、いっそういやらしい感触を伝えてきて、アメリアは堪らず腰をうねらせてしまう。

「あ、あぁっ！」

ヒクリと淫らに蜜口が震える。

トロリとした蜜が媚壁《びへき》を伝い落ちて、蕾から滲《にじ》み出していた。

そのことにきづいたジョシュアは、熱く震えた入り口を夢中になって舌で抉っていく。

「……ああ。……アメリア。……堪らなくなるぐらい、かわいい」

なんどもなんども這わされる舌の感触に、アメリアは堪らなくなって、甲高《かんだか》い嬌声《きょうせい》を上げる。

「や、やぁ……。も……、だめ……放しっ、あぁっ……。ジョシュアッ」

鋭敏な突起を舌で捏《こ》ね回され、唾液と蜜に濡れそぼった秘裂が、ふっくらと膨《ふく》れていた。

「はぁ……、アメリアッ」

彼の掠れた声に、胸の奥がざわめく。そして、身体に痺《しび》れを走らせていった。

もう限界だった。これ以上の、口淫には堪えられない。

恥ずかしさと疼きから、アメリアが瞳を潤ませながら、睫毛《まつげ》を震わせる。すると、眦《まなじり》に溜まった涙が頬を伝い落ちていった。

「……も、もう……、それ……やめ……て……ぇっ」

そうして、あまりに激しい快感に、身体を震わせながら、アメリアが啜《すす》り泣く。すると、ジョシュアが切なそうな表情を浮かべて、こちらを見つめる。しっとりと濡れた唇が、ひどく扇《せん》情的《じょうてき》に瞳に映って、アメリアは思わず、顔を逸らしてしまう。

「ねぇ、僕だけを愛してよ。君の妹に対するよりももっと深く。……他の人に、にどと僕を譲《ゆず》ろうとしないで」

アメリアの涙に濡れた頬に顔を近づけ、ジョシュアは腰に響く低音で囁いた。そして、彼女の頬に伝う雫《しずく》を唇で掬いとっていく。

ジョシュアを愛しているくせに、妹の幸せのために身を引こうとしたアメリアを、彼は責めているらしかった。

確かにジョシュアを心から愛しているなら、誰かを悲しませることになっても、その想いを貫くべきだったのに。

あのままアメリアが姿を消していたら、ティーナがジョシュアのことを好きだという勘違いが真実だったとしても、妹は悲しんでいたに違いない。

「……もう……。ゆ、譲らないから……」

アメリアが掠れた声で答えると、ジョシュアが肩口を摑んでくる。華奢な肩が折れそうなほど強い力だ。

「本当に？　ぜったいだよ」

冷静沈着な彼はいつだって余裕を漂わせ、そして大人びていて、アメリアを翻弄《ほんろう》しているのだとばかり思っていた。だが、その考えは間違っていたらしい。

今のジョシュアには、悠然《ゆうぜん》とした態度など欠片《かけら》も感じ取れない。

「……ええ……」

そうして、アメリアの唇が、彼に塞がれる。

「ん……っ」

そっと触れた唇は、次第に深く押しつけられていく。そして、歯列を割ってアメリアの口腔に入り込んだジョシュアの舌が、彼女の感じやすい器官の上を探る。柔らかい頬裏の粘膜や、歯茎、口蓋や歯列を辿り、ふたたび舌が絡み合う。

「……んぅ……、ふ……」

アメリアは舌を擦られることに弱い。彼にいやらしく絡められるたびに、ビクビクと身体が跳ねてしまう。

舌の付け根から溢れる唾液を、クチュクチュと淫らな水音を立てて捏ね回され、いっそう激しい愉悦《ゆえつ》が喉の奥から迫り上がってくる。

「……ジョシュ……アッ……、苦し……っ」

あまりの激しい口づけに、呼吸困難になってしまったアメリアが、頬を上気させてヒヤシンス色の瞳を潤ませながら訴えた。すると、彼は名残惜《なごりお》しげに唇を離す。捏ね合わされた唾液が、ふたりの間で糸を引いて、透明な玉を結ぶ。その淫らさに、アメリアは小さく息を飲んだ。

するとジョシュアは、アメリアの濡れそぼった赤い唇を、親指の腹できゅっと拭う。

「もう、僕を誰にも譲らないって、ちゃんと誓って？」

「ち、誓うから……」

息も絶え絶えになりながら、アメリアがそう告げると、彼は思わず見惚《みと》れてしまうほど、艶《えん》然《ぜん》とした笑いをうかべる。

「約束だよ。破ったら、……にどと君は他の人の顔が見れなくなると思って？」

彼は笑みを浮かべているのに、なんだか背筋が寒くなるような空気だった。

「……ジョシュア……、なんだか怖いわ」

怯えながらアメリアは言い返す。

「怖くないよ。……君が僕だけを大切にすればいいだけだ」

『大切』というその言葉に、アメリアはつい妹の姿を想像してしまう。幼い頃から、ずっとティーナのことを大切にしてきたのだ。放っておくことはできない。

グスタヴスのもとに駆けていった後、妹は大丈夫だったのだろうか。人の恋路に口を挟むべきではないことは解っていたが、アメリアは心配だった。

「……ティーナは大丈夫かしら」

アメリアは思わず呟いてしまう。すると、ジョシュアが呆れたように嘆息した。

「誓ったすぐ後に約束を破るなんて、君はいい度胸《どきょう》だね。……まあいいよ。いい機会だから教えてあげる。ああ見えて、グスタヴスはかわいいものが大好きだから、ひどい扱いなんてしないよ」

「え……、あの方が⁉　嘘でしょう？」

脳裏《のうり》にグスタヴスの姿が過ぎる。彼は舞踏会でこちらに歩み寄るなり、『ふん。狼《おおかみ》の縄張りに迷い込んだ愚かな子兎《こうさぎ》二匹……といったところか』と辛辣《しんらつ》な言葉を投げかけてきたのだ。

確かに彼は高い身長で鍛えられた体躯《たいく》を持ち、シルバーの髪に高い鼻梁、そして深い琥珀《こはく》の瞳と、キリッとした眉という見目は麗《うるわ》しい男だ。しかし、アメリアには受け入れ難《がた》い性格をしていた。

その彼が、かわいいものが好きだったなんて、にわかには信じられない話だ。

「本当だよ。それにティーナのことは、ちゃんと大事に想っているよ。僕は、あいつが自分から人に話しかけているところなんて、ティーナ相手にしか見たことがない」

初めて出会ったときの言葉は、アメリアを威圧《いあつ》するためではなく、ティーナに話しかけるために発せられた言葉だったらしい。

ジョシュアの言葉を信じるとすれば、恐らくグスタヴスは、貴族たちの多い舞踏会にやってきたティーナを心配したのだろう。

なんて解りにくい男なのだろうか。ティーナがひどい言葉を投げかけられて、グスタヴスに泣かされていないのか心配でならなかった。

眉根を寄せて俯《うつむ》いたアメリアに、ジョシュアは苦笑いする。

「人の恋路を心配しても仕方がないだろう。君は、自分のことを心配したほうがいい」

ジョシュアとのわだかまりは解けたはずだ。それに彼を裏切るつもりなどない。なにも問題などないように思えた。

「私の？　どうして……」

――しかし。彼は人の悪い笑みを浮かべて、アメリアに言った。

「明日、ベッドから起きられるのかとか、まだ未通の場所を、犯されたりしないかとか。まあ、いろいろと……ね」

ベッドから起きられなくなるのは、それだけ激しく抱くつもりだという予告。それは、なんとか理解できる気がしたが、残りの言葉は聞き捨てならない。

「……っ⁉」

未通の場所とは、どういう意味なのか。アメリアは驚愕《きょうがく》に目を瞠《みは》った。そして、頭の中が真っ白になった後、ふいに後孔を犯されそうになっているのだと、遅れて気づいた。

「いや、……後ろなんて……」

怯えきった声は掠れてしまっていて、ひどくくぐもっていた。

そんなアメリアを、ジョシュアは愉《たの》しげに見つめてくる。

「やっぱり嫌なんだ？　うん……。でも、どうしようかな。僕が君の身体で知らない場所があるなんて、赦《ゆる》せないんだけど」

排泄器官《はいせつ》など、どうして知り尽くしたくなるのだろうか。それに、つい先ほど嫌がるアメリアの下肢を押さえつけて、後孔を含む秘裂の様々な部分をさんざん舌で嬲《なぶ》ったはずだ。

膣肉を爆《は》ぜた脈打つ固い肉棒《にくぼう》が、後ろにまで飲み込まされそうになっている状況に怯《おび》え、アメリアは、悲痛な声をあげる。

「いや、……いやぁ……。……ジョシュアのばかっ」

しゃくり上げながら、艶《つや》やかに波打つホワイトブロンドを揺らして、首を横に振った。

ジョシュアは、アメリアの怯える姿も愛おしくて堪らないとばかりに、ぎゅっと抱き締めてくる。そして耳元で優しく告げた。

「……ふふ、仕方ないな。しばらくは舌で我慢してあげるよ」

「ほ、本当に？」

アメリアは、ジョシュアをそっと窺《うかが》う。すると、慰めるように優しく、アメリアの眦に口づけてくる。だが、彼は恐ろしい言葉を続けた。

「もちろん、僕は君の虜囚《りよしゆう》同然だからね。……でも、また他の男と僕のいない場所で会うなんて真似をしたら、無理やりにでも抱かせてもらうから」

虜囚同然……と、まるでアメリアに服従しているかのような言い方をしているが、言ってることは脅しと同じだ。

アメリアが涙目で恨みがましい視線を向けると、ジョシュアは顔を近づけてくる。あまりの近さに、表情は窺えなかった。また彼は視線を合わさないようにしているのかもしれない。

「ん。……ほら、キスして」

ちゅっと軽く触れるだけの口づけを交わす。ジョシュアの口から漏れる熱い吐息に堪らなくなって、もっと口づけたい衝動に駆られてしまう。

だが、そんないやらしい真似を、自分からするなんてできない。

アメリアは恥じらいながら、顔を背《そむ》ける。するとジョシュアが、アメリアの頤《おとがい》に手を添えて、ふたたび口づけた。

今度は、軽く舌を絡ませ合うだけの口づけだ。だが、やはりすぐに離れてしまう。

もしかして、焦らされているのだろうか。

そんな考えがアメリアの脳裏に過《よ》ぎった。じっと彼を見つめていると、感嘆の溜息とともに、ジョシュアが呟く。

「君の唇。堪らないな。……一晩中でもキスしたくなるよ」

その声は、愛おしくて堪らないという気持ちが伝わるには充分だった。

欲求を高ぶらせてしまっているのは、自分だけなのかと、恥ずかしくて、アメリアは顔を逸らしてしまう。

「……もう……だめっ。キスしないで……」

これ以上、淫らな情欲を抱きたくなかった。

ジョシュアにもっと口づけられたら、淫らな欲望を願ってしまうに違いない。

「どうして」

切ない声で彼が尋ねた。思わず頷いてしまいそうになった。だが、淑女としてあるまじき欲求など、気づかれるわけにはいかない。

「唇が……、腫《は》れてしまう……」

沈黙の後、アメリアは必死に言い訳を探して彼に答えた。

「舌だけ絡ませるキスでもいいよ」

だが、ジョシュアはクスクスと笑いながら、アメリアの唇をそっと指で辿ってくる。

唇が触れなくても、舌を絡ませ合っていれば、淫らな欲望に囚われてしまうのは目に見えていた。触れられていない今も、身体の奥底で、燻《くすぶ》るような疼きを覚えているというのに。

「……無理……だから……」

泣きそうになりながら、ジョシュアを拒絶する。

「僕とのキスは嫌い？」

悲しげに呟くジョシュアの声に、アメリアは慌てて言い訳した。彼を傷つけたかったわけではない。ただ、淫らな自分が恥ずかしかっただけだ。

「ごめんなさい。……きっと、あなたに触れたくなるの……。だから……、舌だけなんて、無理に決まってる」

こんな恥ずかしい話を、彼にするなんて、普段のアメリアなら信じられない事態だ。

きっとすでに、燻《くすぶ》る身体の熱におかしくなってしまっているのかもしれない。

「そうか」

神妙な顔で頷くジョシュアに、アメリアは心配になる。彼に呆れられてしまったかもしれないと思ったからだ。だが、彼はすぐに人の悪い笑みを浮かべた。

「……そんなにも僕に欲情するんだ？　素直になったアメリアは、いやらしいことを平気で言うんだね。驚きだよ」

ずっと、腕で押さえていたドレスの上着を放させられると、豊かな胸の膨らみが露《あらわ》にされてしまう。

「そんなつもりじゃ……あ……っ、なにをするの……!?」

柔らかな乳房を掬《すく》い上げるようにして、ジョシュアは摑む。そして、アメリアの薄赤い突起を指の腹で嬲るようにして、やわやわと揉みしだいていく。

「……や……っ、ジョシュアッ。放し……ンンッ」

抵抗の声を聞き入れず、ジョシュアは続けた。

「無意識って怖いね。真実のことをつい口走ってしまう」

長時間キスを続けたいという彼を拒んだことで、傷ついてしまったのではないかと心配しただけだ。自分は淫らな存在だと言いたかったわけではない。

「だから……、私は……」

　アメリアは誤解を解こうとした。

「……や……っ」

　だがジョシュアは唾液と蜜に濡れそぼったアメリアの下肢に手を伸ばし、長い指を押し込んでくる。

「い、いきなり……指……挿《い》れないで……」

　アメリアは抗《あらが》う声を上げる。だが、ジョシュアは行為をやめず、切なく収縮するアメリアの襞を、ヌチュヌチュと淫らな音を立てて、指を抽送《ちゅうそう》させながら押し開いていく。

「……いきなりじゃなければいいいんだ？」

　その上、ジョシュアは意地悪な問いかけをしてくる。

「違う……、あっ……ンン」

　グリッと媚壁を擦りつけられ、アメリアは豊満な胸の膨らみを揺らす。ひどく感じる花芯を嬲るようにして内壁を掻き回す指に、無意識に腰が揺れてしまっていた。

　そうして、一本。また一本と指を増やされていく。

「ここから、五年前のやり直しをしようよ、アメリア。でも僕は、あのときみたいに君を逃がすつもりはないけど」

　三本の指で柔らかく濡れた襞を、大きく拡げられる。その感触に、ビクンと大きく彼女の身体が跳ねる。

「ん……っ、んぅ……っ。あのとき……っ、……こ、こんなことまで……してないのに……」

あのときは、ジョシュアに万年筆で嬲られ、その後、舌や指を挿れられた記憶がある。

だが、三本もの指で、熱く震える襞をここまで責め立てられはしなかったはずだ。

喘ぎ混じりの声でアメリアがジョシュアを批難した。すると、彼が薄く笑いながら答える。

「そうだね。でもこれは、続きだから」

そう囁く声が、ひどく淫靡《いんび》にアメリアの耳に届く。

「あのとき、君にしたくてもできなかったこと、ぜんぶしてあげる」

濡れそぼった襞から、指を引き抜いたジョシュアは、そう言って、アメリアの秘裂を辿る。

そうして蜜に塗れた指が辿り着いたのは、ヒクついた後孔の蕾だった。

先ほど、アメリアの未通の場所を犯したいと言っていたジョシュアの言葉が思い出され、ギクリと身体が強張る。

「いらな……無理……っ、だめ、だめぇっ……」

瞳を潤ませながら、アメリアはジョシュアに懇願《こんがん》した。だが、ヌプリと濡れた指が狭い肉洞に押し込められていく。

「そこだめ……っ、挿れちゃだめぇ！」

腰を揺らしながら、アメリアはしゃくり上げ始める。だが、ジョシュアは透けるように白い彼女の下肢や、色素が薄いせいで地肌が見えてしまっている茂みを見つめている。

「遠慮しなくていいよ。僕は尽くすタイプだって言ったよね」

彼がやっているのは、献身ではなく略奪だ。このまま大人しくなどしていられない。

「……違……うっ。……え、遠慮じゃない……、嫌なの……そっちは挿れな……で……」

ブルブルと頭を横に振って訴えるアメリアを前に、ジョシュアは首を傾げてみせた。

「じゃあ、君はどこに挿れて欲しい？」

どうしていいか解らないとばかりだ。だが、その表情がどこか胡散臭《うさんくさ》い。わざとやっているようにしか思えなかった。

だが、アメリアは狼狽《ろうばい》のあまり、本気で哀願《あいがん》を繰り返してしまう。彼の言いなりになる道筋を辿っていることにも気づかずに。

「……こっち」

アメリアは誘うような格好で脚を開かされたまま、必死にジョシュアの手を媚肉のほうへと押し上げる。

「あっ、やぁ……、そこ、違う……っ」

だが彼は、悪戯《いたずら》に尿道や花芯を指先で弄《もてあそ》び始める。クリクリと鋭敏な突起が捏ね回されると、アメリアは堪らなくなって、身悶えてしまっていた。

「ん……っ、弄《いじ》らな……で……、そこ……だめっ」

身体中の体温が迫《せ》り上がってしまっていた。汗ばんだ胸が上下する。呼吸がうまくできずに息が苦しくて堪らない。

眉根を寄せながら、アメリアが訴えた。だが、ジョシュアはさらに首を傾げてくる。

「どこ？　解らないな」

もしかして、彼を傷つけるような真似をした報《むく》いを受けさせられているのだろうか。

そう感じたアメリアは、噎《むせ》び泣きながら訴える。

「ごめんなさい……。……も……、お願い……、許して……。……い、意地悪しないで……、ジョシュア」

アメリアはそう言って抗いながらも、ジョシュアの指で、震える突起を弄ってほしかった。そして、熱い楔《くさび》で、彼の熱で繋いでほしかった。

ずっと傍にいてくれるのだと、思い知らせてほしかった。

だが、ジョシュアの意地悪はとまらない。人の悪い笑みを浮かべた彼に、さらに要求を突きつけられてしまう。

「ねえ、アメリア。僕に挿れてほしいほうに、この指を押し込んで教えてよ」

「そんなの……できない」

ふるふると小さな顔を左右に振って、拒絶しようとした。だが、彼は笑顔で恐ろしいことを言い出してくる。

「じゃあ、好きなほうで抱いてもいいね」

そして、アメリアのまだ開かれたことのない後孔に、ジョシュアの指が狙いを定め、そのまま押し込まれそうになった。

「いや……っ、こっち、……ジョシュア、ここに挿れて。ここにほしいの」

アメリアは慌ててジョシュアの腕を両手で摑んだ。

「……んぅ……っ！」

そして自分の手を沿わせ、淫らに濡れそぼった蜜口に、彼の指を押し込んでいく。

「こっち？」

尋ねられる言葉に、アメリアはガクガクと頷く。

感じやすい突起を掌《てのひら》で擦り付けられながら、挿入された指が濡襞を擦りつけ、そのままズチュズチュと音を立てて、上下に揺すられてしまう。

「ここを、僕にどうしてほしいの？」

そんなことを、聞かないでほしかった。しかし、どれだけ苦しげに顔を歪めても、泣きそうなほど瞳を緩ませても、彼は動きを止めたままだ。

愉しげにアメリアの乳首を唇に咥《くわ》えて、舌で舐め転がし始めてしまう。

「……ん、んぅ……。ふぁ……、ここ、……ジョシュアの挿れて、……」

するると、彼は赤い舌を覗かせ、尖端で乳首の先を擽りながら、クスリと笑ってみせる。

「アメリアのなか、僕でいっぱいにしていい？　……ちょっと無理させてしまうかもしれないけど、それでも？」

焦らされているのだ。それは解っていた。だが、感じやすい乳首と下肢の肉芽を同時に、嬲られ、理性が蕩《とろ》け出してしまったかのように、ジョシュアに従ってしまう。

「……こっちなら、い、いくらでも……好きにしていいから……、お願……いっ」

掠れた声で懸命に訴えた。すると彼は、アメリアの腋の下に腕を差し込み、そしてふわりと抱き上げる。

「僕のかわいいおばかさんは、どこまでも男の理性をだめにするね」

そんな風に言われるのは初めてではない。だが、どうしてアメリアが、おばかさんなどと今言われなくてはならないのか、自身ではまったく理解できない。

「……、な、なに？」

ジョシュアは執務机用の椅子に腰かけると、脚を開かせたアメリアを向かい合わせにして、膝《ひざ》に載せた。

――これでは本当に、五年前の続きみたいだった。

卑猥《ひわい》な蜜で濡れそぼった媚肉を、固い屹立《きつりつ》でトラウザーズ越しになんども擦りつけられ、嬌《きょう》声《せい》を上げた記憶が蘇《よみがえ》り、かぁっと頬が熱くなる。

本当に抱かれたわけでもないのに、擦られただけで、あんなふうに感じてしまったことが、恥ずかしくて仕方がなかった。

昔の記憶を呼び起こし、アメリアは羞恥に震えていた。だが、今は防ぐものもなく、固い肉竿がアメリアの蕾を押し開こうとしている。

「……じゃあ、五年前に逃げた贖罪《しょくざい》もかねて、アメリアには協力してもらおうか」

ジョシュアは、なにをさせようとしているのだろうか。アメリアは不安で身体を萎縮《いしゅく》させていた。だが、彼女が身構える間にも、脈打つ固い肉棒が、粘膜を開いて、奥へと押し込まれてくる。

「んんぅ……ふぁ……っ」

仰《の》け反《ぞ》りながら声を上げた。すると、無防備だったアメリアの華奢な首筋に、ジョシュアが唇を這わせてくる。

「……初めてじゃないんだから、痛くはないよね」

アメリアはなんども頷きながら、襞を押し開かれ、熱い肉茎を飲み込まされる感触に堪えていた。

「……ふぁ……。や、やぁ……。ジョシュアの……、挿ってくる……、熱いの……、なか、いっぱいで……」

ブルブルと頭を揺らし、ホワイトブロンドを波打たせるアメリアの肩口に顔を埋め、ジョシユアは甘く芳《かぐわ》しい匂いを堪能しているかのように、息を吸い込む。

「どう……？　平気？」

尋ねてくる声に、アメリアは微《かす》かに頷くと、掠れた声で訴える。

「だ、……大丈夫……、でも……強くしないで……」

彼の欲望のまま肉棒を揺さ振られると、頭の中が真っ白になって、どこかに連れ去られそうな感覚に囚われてしまうのだ。アメリアはそれが怖かった。

もうにどと、あんな想いはしたくない。

──したくないと思っているのに、焦れた身体が彼の熱を求めて、襞を収縮させてしまう。

「んぅ……っ」

すると、ジョシュアの脈打つ固い肉棒を強く咥え込んだアメリアの襞が、淫らに戦慄《おのの》く。

「うん……約束はできないかな」

そんなアメリアを窺いながら、ジョシュアは、彼女の耳朶や顎《あご》に唇を押しつける行為を繰り返していた。

「ねえ、アメリア。……僕には加減が解らないから、自分で動いてみせてよ」

アメリアは驚愕の眼差しをジョシュアに向ける。

自分で求めるなんて、そんなはしたない真似はできない。そう訴えようとしたが、彼は顔を合わさず、熱を持ったアメリアの耳殻を唇で咥え込み、舌や唇で愛撫し始める。

「……や……んぅ……っ！」

ビクリと体を引き攣《つ》らせると、耳孔の奥へと濡れた舌が這い始める。

「あ、あぁっ」

快感に身体を跳ねさせると、くちゅりと濡れた棒が引き摺り出された。

「ねえ。お願いだよ。……僕に教えて。君がどうすれば、気持ちよくなってくれるのか」

肉厚の舌を尖らせ、敏感な耳の奥をなんども辿られると、身悶えるほどの痺れが身体を駆け巡る。そうして、アメリアは肩を竦め、艶めかしく腰を揺すり立ててしまう。

「んんぅ……ぁっ！　あ、あぁ」

望んで動いたわけではない。だが、気がつけばジョシュアの言葉通り、自ら腰を振って、肉棒を抽送する羽目になってしまっていた。

「アメリア」

くるおしい声で、ジョシュアに名前を呼ばれ、ヒクリと喉が震える。

「……それだけじゃイケなくて、僕がおかしくなってしまうよ。……もう少し早くしてもらってもいい？　お願いだから……、して」

囁く声にゾクゾクと背筋にまで痺れが駆け巡る。

アメリアは恥ずかしさから、衝動的に頷いてしまう。

「じゃあ、やってみて」

　コクリと息を飲み、アメリアはゆっくりと腰を上げた。ズルリと濡れそぼった熱い塊《かたまり》が引き摺り出される排泄感に、肌が総毛立つ。

「……ん……ぅっ。あぁっ！　はぁ……、はぁ……」

　息を乱したまま、内腿を震わせていると、腰が摑まれた。そして、腰を落とさせられて、無理やり肉棒を穿《うが》たれてしまう。

「んっ、く……んぅ……はっ、あぁっ！」

　淫らに収縮した濡襞が、脈打つ肉棒に押し開かれ、最奥まで突き上げられると、ヒクヒクと淫唇が疼いて、身悶えるほどの快感が走り抜ける。

「そのまま、もっと腰を揺らして？　僕がどうしたらいいのか教えてよ」

　ゆっくりと腰を落として引き摺り上げ、肉棒を抽送させ始める。自ら腰を揺らして、雄を迎え入れるなんて、こんないやらしい行為をしてはいけないと、解っている。それなのに、固く膨れ上がった亀頭に襞を擦りつけられる感触の気持ちよさに、腰の動きがとめられなくなってしまっていた。

「はふ……ん、んぅ……っ、はぁ……っ。……ど……しよ、……身体が……」

　興奮した身体が熱く滾《たぎ》る。総身を揺すり立てながら、愉悦に震えるアメリアに対し、ジョシュアは自らも腰を揺らし始めていた。

「うん。……ねえ。いいよ、そのまま、もっと……」

切ない表情でジョシュアが耳元に囁く。そうして、次第に彼の動きが速く激しくなっていく。

「アメリア……ッ、なんて感触だ……。……もっと、僕に……っ」

ジョシュアは感じ入った声を上げると、アメリアの腰を強く抱え、熱い肉棒に打ちつけるように律動を繰り返す。

張り上がった亀頭の根元の括《くび》れまで、肉茎が引き摺り出され、そしてすぐに子宮口を突き上げるほど、強く穿《うが》たれていく。

「あ、あぁぁ……っ！　やぁ……、ジョ……シュア、そんな……激しくしないで……」

アメリアは身悶えながら訴える。ジョシュアはもう快楽の虜《とりこ》にでもなってしまったかのように、縦横無尽《じゅうおうむじん》に腰を振りたくっていた。

「……んぅ……、ふぁ……、あ、やぁ……だめぇ……っ！」

助けを求めるような言葉を発しながらも、アメリアは彼を求めて腰を自ら揺らす行為をとめられない。

「……だめ？　こうしたら嫌？　……ねえ、アメリアのなか、……すごく、気持ちいい……。もっと……、動かしたい、許して？」

切ない声音《こわね》で尋ねられ、アメリアはガクガクと頷いてしまう。

彼の熱に押し開かれるたびに、下肢から込み上げる快感に、脳髄《のうずい》まで痺れていくような気がした。

「……あ、あぁ……っ、いいの……、で、でも激しすぎ……んぅ。お、おかしくなっちゃ……んあっ……あ。あぁ……っ」

熱い楔《くさび》がアメリアの肉洞を埋め尽くす。そして、グリグリと子宮口が固い亀頭に擦りつけられていく。なんどもなんども腹の奥を抉られ、アメリアはジョシュアの肩口に縋《すが》りつく。

「すごい……いいよ。アメリアもいい……？」

「……ジョシュア……、もっと……」

もっとくるおしいほどにジョシュアの熱が欲しかった。それなのに、彼はきっちりと衣装を身につけたままだ。

アメリアは震える指先で彼の首のブローチを外し、スカーフを抜き取る。

「……アメリア……？」

彼は怪訝そうにしていたが、アメリアの腰を抱えているため、手を動かすことはできないため、好きにさせることにしたようだ。

そうして、アメリアはジョシュアのシャツのボタンを外すと、露になった筋肉質な胸元に縋りつく。

「……好き……っ、ジョシュア……。もっと……」

快感に理性をなくしたアメリアが気恥ずかしげに顔を赤らめながらも、消え入りそうな声で告白する。

「ああ……。夢みたいだ……」

感嘆の息を吐くと、ジョシュアは容赦なく腰を打ち立てていく。

「……あ、あぁ……っ、ジョシュア……っ、ジョシュア……んんぅ……」

豊満な胸の膨らみを彼の固い胸に押し当て、アメリアは淫らに身体をうねらせていた。

その妖艶《ようえん》な媚態《びたい》に誘われたように、ジョシュアは他にはなにもいらないとばかりに懇願《こんがん》してくる。

「毎日こうしていたい……。君と……昼も夜も一緒にいたいんだ……」

アメリアもずっと彼と一緒にいたかった。離れていた五年の間も、ずっと会いたかったのだ。

「ねえ。お願いだから、今すぐ僕と結婚して？　嫌なんて言わないよね」

結婚という言葉に、頷きそうになった。しかし、自分は彼にそれを待ってほしいと言っていたことが思い出される。そして脳裏に、幼かった頃の妹の姿が過ぎった瞬間。ふるふると顔を横に振ってしまっていた。

「……けっこ……ん？　……だめ……だって……まだ……」

守るべき存在がいるのだ。理性をなくしながらも、アメリアは大切にしてきた彼女を守るために、無意識でそう答えてしまう。

「……へえ？　まだ僕を拒絶できる余裕があるなら、もっと激しくしてもいいよね」

さっきまでの殊勝《しゅしょう》な態度が嘘だったように、ジョシュアは人の悪い笑みを浮かべると、容赦なく腰を揺さ振り始めてしまう。

「あぁ……、だめっ、ジョシュア、だめぇ……っ」

なんども肉棒を穿たれたせいで、白く泡立った蜜液が、亀頭の根元に掻き出されて、接合部分をしとどに濡らしていた。

感じ入った身体のせいで切なく襞が収縮する。すると、窄《すぼ》まった肉洞をジョシュアの屹立が激しく突き上げていく。

引き攣った花芯がビクビクと震えて、とめどない愉悦《ゆえつ》を身体中に走らせ、アメリアを苛《さいな》む。

身体中が熱くて仕方がなかった。

じっとりと濡れたアメリアの背中を、汗が珠《たま》を結んで流れ落ちていく。

「んぅ……あ、あ、あぁっ！」

ジョシュアの容赦のない抽送に、ズチュヌチュと耳を塞ぎたくなるほど卑猥《ひわい》な水音が部屋に響いていた。

――そうして、アメリアのすべてが、ジョシュアに奪われていく。

唇も、吐息も、悦楽も、熱量も。

アメリアのすべてが、彼に侵食され始めていた。

身体の奥底から突き上げられるような快感に、唇を開いて、赤い舌を震わせる。

「ん……ぅ……くぅ……んんぁっ！」

「いいよ。僕も……っ」

ドクドクと脈動する肉棒が憤《いき》り勃《た》ち、アメリアの震える襞を押し開いた。

熱に浮かされたように薄紅色に上気した顔を上げて、アメリアは咽頭《いんとう》を震わせる。そうして、一際甲高い嬌声を上げたとき――。

「あ、あぁぁっん……!!」

大きく背中を仰け反らせ、ガクガクと震える彼女の膣壁に、ビュクビュクと熱く激しい飛沫が浴びせかけられた。

「……はぁ……っ、はぁ……」

アメリアはぐったりとジョシュアの胸に縋りつき、荒い息を繰り返していた。

ズルリと肉棒が引き摺り出されると、青臭い白濁がドロリと膣孔から溢れでる。

「あ……っ」

羞恥に頬を染めて、アメリアは俯いてしまう。すると、いきなりジョシュアが、アメリアを俯せに執務机に押しつけてくる。内腿を伝う淫らな白濁の感触に、ブルリと身体を震わせていると、先ほどまで萎《な》えていたはずの肉棒が、いつの間にか角度を持って勃ち上がっていた。

そして、そのまま肉棒を秘裂にあてがわれてしまう。

「な……なに……っ、ジョシュア……も、……私、無理……」

これ以上は無理だと、アメリアは力なく首を横に振る。

「だめだよ。まだ理性が残っているみたいだし」

ジョシュアがなにを言っているのか、放心しているアメリアには、よく理解できなかった。

そのことに気づいたのか彼は続けて言った。

「君が僕との結婚を承諾《しょうだく》するまでは、……ぜったいに放さないから」

恐ろしい宣言に、アメリアは目を瞠る。

「や……っ、そんなのずるいわ……」

アメリアは抵抗しようとした。しかし、ジョシュアの腕の中という頑丈な檻から、逃れるすべはなかった。

＊＊　＊＊　＊＊

深夜まで執拗《しつよう》に身体を求められ、結婚を強要されても、アメリアは頑《かたく》なに頷こうとはしなかった。アメリアはどうしても、もう少しだけ待ってほしかったからだ。

――しかし、その翌朝。

気怠《けだる》くリネンの上に横たわった彼女の口腔に、以前にも口にしたことのあるラズベリー味の甘い液体が流し込まれる。

一晩中、喘がされていたせいで、掠れた喉には、その甘さ酸っぱさがとても心地よく感じられていた。

「ん……っ」

だが、すぐに喉の奥が熱くなって、アメリアは酩酊《めいてい》し始めてしまう。身体が疲れ切っているのも、災いしたせいか、さらに酔いが強くなる。

「……は……ぁ……。な、なに……っ」

力の入らない身体が清められ、ドレスやストッキングを身につけさせられ、横たわったまま化粧まで施されていく。

「大丈夫。悪いようにはしないよ」

だが抗うことができなかった。そうして身支度を調《ととの》えさせると、ジョシュアはアメリアをお姫様抱きで抱え、どこかへと連れて行く。

「……ジョシュア……?」

どこへ行くのかと、苦しげに顔を歪《ゆが》めながら尋ねる。吐き出す息が熱くて、今にも全身が燃えてしまいそうなぐらいだった。

トロリとした眼差しを向けると、ジョシュアが呆れた様子で呟いた。

「そんな扇情的な貌《かお》をしている君を、人前に出したくないな。……まあ、ヴェールを被るから大丈夫か」

ヴェールという言葉にアメリアは微かに首を傾げる。そういえば、レースの長手袋まで嵌《は》められていることが不思議でならない。

いったいこれはなんの衣装なのだろうか。しかし、酩酊した頭では思考が纏《まと》まらなかった。

「ん……っ」

ジョシュアの温かい胸に抱かれて、揺られていると、なんだか眠気が襲《おそ》ってくる。

ふわふわとした気持ちのままアメリアが、運ばれて行った先は、とても日映《まばゆ》い場所だった。

青空の下で、白いアーチを抜けていく。

その先には、パイプオルガンの音が響く、厳《おごそ》かな大聖堂があった。

ふたりが姿を現すと、ざわついていた室内が、シンと静まりかえる。

「……もう少し眠っていてもいいよ。まだ返事はいらないから」

そんなことを言われても、人が多く集まっている場所に思える。起きなければならない。

自分に強く言い聞かせると、アメリアは瞳をこじ開ける。

そして、ジョシュアに縋りながら、辺りを見渡した。

するとヴェールの薄く透けた布地越しに、父や妹のティーナ、その隣にはグスタヴスの姿が見える。どうやらふたりは仲直りできたらしい。とても仲睦《なかむつ》まじそうに寄り添っている。少し離れた場所では、なぜか号泣《ごうきゅう》するロブの姿まであった。

ふいに顔を傾けると、貴賓席に国王や王妃の姿が見受けられ、ギクリと身体が強張る。

よく見ると、大臣や公爵《こうしゃく》などの姿まである。ここはいったい、どこなのだろう？

不思議でならないが、どうしても考えが纏まらない。身体がふわふわしているし、もしかしたら、ここは夢の中なのかもしれない。そう自分に納得させる。

ふらつく身体を支えられ、ジョシュアの腕がアメリアをぎゅっと抱き締める。すると室内が、歓声混じりの声でざわめく。

『病《や》めるときも、健《すこ》やかなるときも……』

ぼんやりとした頭に、そんな声が聞こえてくる。

これは、なんの言葉だっただろうか。霞《かすみ》がかったように定まらない思考で、アメリアは必死に考える。

すると、ジョシュアが、囁くような声で言った。

「あとでどんなお願いでも叶えてあげるから、なにも聞かずに『はい』って言って」

ジョシュアの切ない声音に誘われ、アメリアは願いごとなどないものの、いうとおりにしてしまう。

「……はい」

アメリアが答えると、向かいから声が聞こえてくる。

「それでは誓いの口づけを」

なにを誓えばいいのだろうか？　アメリアは膝から崩れ落ちてしまいそうな身体を、ジョシュアに支えられながら首を傾げた。

　すると、彼がアメリアのヴェールを剝《は》いで、愛おしげに見つめてくる。

「僕から奪った心を、キスで返して。……でも、僕の心は君とのキスのたびに、その数倍奪われているけどね」

　そうして唇が塞がれ、口腔に舌が押し込められる。心地のいい感触に、アメリアはつい自分からも舌を絡めて、キスを返してしまう。

「ん……っ。……あ……ふ……っ。ん、んんっ」

　淫らすぎる口づけを交わすふたりの周りから、人々のざわめきが耳に入る。

　そして真後ろからは、なんども咳払《せきばら》いが聞こえてきた。

　邪魔しないで欲しい。そう思ってしまうのはいけないことなのだろうか。

　しかし、激しい口づけが不意にやんで、ジョシュアの唇が離れていく。

「あ……」

　思わずアメリアは名残惜しげに、彼の唇を見つめてしまう。すると、彼の喉仏《のどぼとけ》が微かに動いた。唾を飲み込んだらしい。

「続きは、ふたりになってからにしよう。……ね？　アメリア」

　そう言って、ジョシュアはアメリアの腰に腕を回し、手を重ねるようにしてペンを握らせた。

「こちらにサインを」

　誘われるまま名前を書かされた後、すぐに激しい眠気を覚えてしまう。これ以上は、もう起きているのは限界だった。重い瞼《まぶた》を閉じ始めると、熱い目頭に冷たい唇が押し当てられた。

「これで、君は僕の妻だよ。もう逃がさないから」

ひどく愉しげな声が、耳に届いた気がした。

＊＊　＊＊　＊＊

その翌日。目覚めると、ブランシェス王国には王太子妃《おうたいしひ》が誕生していた。

もちろん、それはアメリアのことだ。

ジョシュアは信じられないことに、アメリアを酔わせて意識が混濁《こんだく》しているうちに、無理やり婚姻《こんいん》を結ばせたのだ。

「信じられないっ！　人を酔わせて、あんなことするなんて……」

アメリアはソファーに腰かけて、怒りと羞恥にわなわなとうち震えていた。

目の前に並んでいるのは、ルバーブのタルトとシナモントースト、そしてオレンジジュースとカフェオレだ。ルバーブは茎《くき》が食べられる植物で、少し酸味があり杏子《あんず》に似た匂いがする。コンフィチュールにすると甘酸っぱくてとてもおいしい。以前、アメリアが王城のコックにタルトにするように頼んだのだが、今朝それが実現したらしい。希望通りのお菓子が用意され、嬉しいはずの日だが、釈然《しゃくぜん》としない。

美味《おい》しそうな朝食を前に、アメリアはまったく食べる気にはなれなかった。

「ごめんね。僕は君に関してだけせっかちなんだ。しかし、ロブ・ディセットの泣き崩れる顔が見れて、少しだけ胸がすっとしたな」

向かいに座るジョシュアは、謝罪の言葉を口にしながらも満足げに微笑《ほほえ》んでいる。まったく悪いとは思っていないらしい。むしろ達成感に満ち溢《あふ》れている様子だ。

「ジョシュア。そんなひどいことを言わないで、あの人はなにも悪くないのに」

ティーナに聞いた話では、ロブは幼い頃からずっとアメリアに好意を寄せていたらしい。ティーナにお菓子を渡していたのも、アメリアと直接話をするのが恥ずかしかったせいなのだという。そのことに、アメリアはまったく気づかなかった。話を聞いた今でも、納得できない。

だが、単に好意を寄せてくれていただけの人を、傷つけて笑いものにするなんて、よくないことだ。アメリアが注意を促すと、ジョシュアはムッとした様子で反論してくる。

「あの男は僕のアメリアに恋して、僕の了承《りょうしょう》も得ずに話しかけるという大罪をおかしている。君があんな奴を庇《かば》うなら僕だって考えがあるよ」

ジョシュアはこの国の王子だ。伯爵令息とはいっても、ロブが彼に睨《にら》まれたらひとたまりもないだろう。

「ロブになにかしようとするのはやめて！　どうして、そんな意地悪なことばかり言うの」

自分のために酷い目に遭《あ》わせるわけにはいかない。

そう思い、アメリアが叱責《しっせき》すると、ジョシュアは平然と言い返してくる。

「答えは簡単だよ。君を独《ひと》り占《じ》めしたいからに決まってる」

なにもしなくてもアメリアの心は、この意地悪で質《たち》の悪いジョシュアのことでいっぱいになってしまっているのだ。しかし、そんなことを告げればからかわれるのは目に見えていた。伝えられるわけがない。アメリアは俯きながら、真っ赤になるしかなかった。

「嫌だよね、恋って。自分がとても矮小《わいしょう》で狭量《きょうりょう》に思えてならないよ。でも僕がこんな嫌な奴になってるのは、ぜんぶ君のせいだから、ちゃんと責任とってもらわないと困るね」

アメリアに責任を押しつけると、ジョシュアはゆっくりと立ち上がった。そして、こちらに腕を伸ばしてアメリアの頤《おとがい》を摑む。

「……な、なに?」

「安心して、僕は、君を束縛《そくばく》するだけの価値はある男だよ。損なんてさせないから」

ジョシュアは自信満々に囁《ささや》くと、アメリアの唇にそっと口づけたのだった。

エピローグ　いいなりラプンツェル

「明日はハンティングに行こうか」

——昨夜、アメリアに告げられたジョシュアの言葉が思い出される。

ジョシュアはハンティングが好きだったのだろうか？

アメリアは憂鬱《ゆううつ》な気分で、そっと溜息を吐いた。

確か、彼とアメリアが初めて出会ったとき、ハンティングの最中に、従弟《いとこ》に命を狙われて怪《け》我《が》をしていたのだ。やはり彼はハンティングが趣味なのかもしれない。だが、アメリアは、動物たちの命を奪うことなどしたくないし、ジョシュアにしてほしくもない。それに危険な真似もしてほしくなかった。

だがハンティングは久し振りだ……と、愉《たの》しみにしているジョシュアの姿を見ていると、水を差すのも躊躇《ためら》われた。

まだ暗いうちから目覚めたアメリアは、ひとり寝室を抜け出して着替えると、ハーブティーを淹《い》れ始めた。準備したのは野薔薇《ワイルドローズ》の一種、ドッグローズの実《ローズヒップ》で作るお茶だ。

ティーセットを前にアメリアが考え込んでいると、いつの間にか起きてきたジョシュアが姿を現《あらわ》して、怪訝《けげん》そうに尋《たず》ねてくる。

「なんだか浮かない顔だね。……どうかしたの？」

彼はアメリアの頬《ほお》にちゅっと口づけると、徐々《じょじょ》に明るくなっていく窓の外を見やった。

「いい天気だね。ハンティング日和《びより》だ。……でもこんなに気持ちのいい朝なのに、僕の花嫁は悩みがあるみたいだ」

「いいえ。そんなことはないわ」

そう言い返しながらも、笑顔がぎこちなくなってしまう。

ローズヒップの真っ赤なお茶をカップに注ぎ、ジョシュアに差し出す。これは、かなり酸味が強く癖《くせ》があるが美容効果の高いお茶だ。

ふと、アメリアの父はこのお茶が苦手だったことを思い出す。男性は酸味の強いものが嫌いな傾向にあるのだと、そのときに聞いたのに、すっかり失念してしまっていた。

「ごめんなさい。ローズヒップティーは平気だった？　お口に合わないなら、他のものを淹れるわ」

アメリアは結婚前に、オレンジジュースの代わりにして、朝にこれをよく飲んでいた。その習慣のせいでなにも考えずに用意してしまったのだ。

ハーブティーならいくらでも用意できる。わざわざ苦手なものを、飲ませる必要はない。

アメリアが心配になりながら尋ねると、ジョシュアは笑みで返してくる。

「大丈夫だよ。君の淹れてくれるお茶なら、なんだって美味《お い》しい」

こうして些細《ささい》な言葉ひとつで、いつだってジョシュアはアメリアを喜ばせてくれている。

それなのに、彼の愉《たの》しみを邪魔《じゃま》することは、やはりできそうにない。

「そう？　ありがとう」

アメリアは、笑顔で答えようとするが、やはり顔が引き攣《つ》ってしまう。嘘《うそ》が苦手なのは自覚していたが、こんなときぐらい、上手《うま》く笑いたかった。

「やっぱり昨日から様子がおかしいね」

ローズヒップティーの注がれたカップを、テーブルに置いたジョシュアが、アメリアをソファーに誘って、自分の隣に座らせる。

「そんなことないわ」

「僕の瞳《ひとみ》を見て言えるのかい」

アメリアは、ジョシュアの煌《きら》めくアメシスト色の瞳に見据えられ、思わずふいっと顔を背《そむ》けてしまう。

「なにが不満なのか、言ってごらんよ」

「不満なわけじゃ……」

　ふるふると顔を横に振ると、長く伸ばしたホワイトブロンドが波打つ。

「昨日からだよね。僕がハンティングの話をしてからだ」

　率直に尋ねられ、アメリアの身体がギクリと強張《こわば》る。どうやら見抜かれてしまっていたらしい。やはりジョシュアに嘘はつけない。

「嫌なんだね？　素直に言ってもいいよ」

　もう誤魔化《ごまか》しようがなかった。仕方なくアメリアは、ジョシュアに告白する。

「動物を傷つけるなんて、やっぱり気が進まないわ。ごめんなさい。……それに、またあなたが怪我でもしたら……って、心配になってしまって」

　心配だからと、咎《とが》めていては、彼はなにもできなくなってしまう。しかし、アメリアは不安になってしまったのだ。

「……なにを言っているんだい。僕は動物を狩るなんて、ひとことも言ってないけど？」

　クスクスと笑いながら答えられ、アメリアは目を瞠《みは》った。

「え？　勘違《かんちが》いだったの？」

　どうやら勝手な思いこみだったらしい。

　もしかして魚釣りに行く話だったのだろうか？

「それじゃあ、いったいなにを狩るつもりなの？」

不思議に思いながら尋ねると、ジョシュアは人の悪い笑みを浮かべてみせる。なんだか嫌な予感がした。彼がこんな顔をするときは、ろくでもないことばかりだった。

「今回の目的は、魔女だけど？」

予測もしなかったジョシュアの言葉に、アメリアは啞然《あぜん》としてしまう。

「冗談でしょう？　そんなの空想の存在よ」

だが彼は、自慢げに頷《うなず》いてみせる。

「ちゃんと魔女は実在しているよ」

「どこに？　誰《だれ》かの夢物語か空想でも聞いたの？」

アメリアは首を傾《かし》げるしかない。ジョシュアは、アメリアに関すること以外は、思慮深い性格をしているはずだったが、誰かに騙《だま》されてしまったのだろうか？

それとも熱があるのだろうか？

彼の額に手を伸ばそうとするが、その指先が摑《つか》まれ、甲《こう》に唇を押しつけられてしまう。

「……だって、君の唇には、僕にキスを強請《ねだ》る魔法がかかっているだろう？　だから、魔女はいるんだよ」

ジョシュアは密やかな笑みを浮かべて、そう告げると、突然アメリアの唇を奪う。

角度を変えながらなんども口づけられていると、喉《のど》の奥から激しい欲求が迫り上がり、なんだか堪《こら》えようのない疼《うず》きを覚えてしまう。

「んんっ……。馬鹿《ばか》なこと言って……、からかわないで」

　アメリアが批難《ひなん》しながら、湧き上がる熱を抑《おさ》えようとしていると、今度は耳朶《みみたぶ》や首筋にまで唇を這《は》わされてしまう。

「この激しい欲求が魔法じゃないなら、どうしてだろうね。もしかして、君が眼差《まなざ》しで僕のキスを強請《ゆす》ってるせい？」

　ジョシュアにキスを強請ったつもりなどない。勝手な言いがかりをつけられ、アメリアは、彼の胸を叩く。だが腕は離れない。喉元の柔肌をなんども吸い上げられ、痕《あと》をつけられ始めてしまう。

「……違うわ……。私はそんなことしてないものっ！　……もしかしてハンティングって……」

　まさかと思い、呆れながら尋ねる。

「そう。魔女の居場所を捜しに行くんだ。君の身体の隅々《すみずみ》にね」

「いつもの休日と変わらないじゃないっ」

　ジョシュアは政務のない休日はずっとアメリアを放そうとはしないのだ。

　そんなものはハンティングでもなんでもない。

「目的が違うだろう。いつもは君を可愛《かわい》がっている。今日は魔女の探索だ。僕は魔女を見つけるまで、君の身体の隅々まで、この指とこの瞳で探していくつもりだ」

自慢げに言ってのけるジョシュアを前に、アメリアは呆れきってしまう。狩りに行かないでくれたのは嬉しかった。だが釈然《しゃくぜん》としない。

「もう、知らない……っ」

立ち上がって去ろうとするアメリアを、ジョシュアは腕に閉じ込め、強引に唇を奪う。

「んっ、んんんっ」

もがいても離れない激しい口づけを与えられ、アメリアは柔らかなカーブを描く頬を左右に揺らしながら、苦しげに呻《うめ》く。なんどもなんども長い舌で口腔《こうこう》を探られ、さんざんなほど嬲《なぶ》られた後、やっとジョシュアは唇を放してくれる。しかし、口角は唾液で濡れそぼってしまっていて、アメリアは息も絶え絶えだ。

「……ん……っ」

ぐったりとしてしまっているアメリアを抱き寄せ、彼はドレスの紐《ひも》を解き始めてしまう。

「君は五年も僕に寂しい思いをさせた罪を、その身を持って償《つぐな》わなければいけない。忘れたとは言わさないよ」

アメリアは肩口を揺らして、逃げようとした。だが、ジョシュアに力で敵《かな》うわけもない。

「大好きだよ、初めて会ったときから……ね？」

甘い溜息《ひきよう》とともに愛《いと》おしげに頬に口づけられ、心臓が跳《は》ねる。

「……卑怯よ……」

ずるい。そう思いながら睨《にら》みつけると、ジョシュアはさらに愉《たの》しげに笑ってみせる。

「ふふ。やっぱり君の罵倒《ばとう》は、心と身体に気持ち良すぎて、滾《たぎ》ってしまうね」

いきなりぐっと、下肢《かし》にある固い欲望を押しつけられ、アメリアは目を瞠《みは》るしかない。

「やっ、やっ……」

動物たちを傷つけずに済んだことは良かったのだが、やはり純粋に歓喜する気にはなれなかった。

「勝手にひとりで魔女でも悪魔でも捜しに行ってて」

悪魔ならいっそ、鏡でも見ればいいのだ。そうすれば小悪魔な彼の姿が映っているだろう。

押さえつけてくるジョシュアの力強い腕を、引き剝《は》がそうと懸命に抗《あらが》う。だがやはりビクともしなかった。声を荒らげたアメリアに、彼はなにを言うのだとばかりに返す。

「だめだよ。僕たちはもう二度と永遠に離れないと、神に誓ったんだから」

アメリアは神に誓ったのではなく、酔わされて強引に誓わされたのだ。ありもしない記憶を作らないで欲しかった。

「さあ、始めようか。どこから探して欲しい？」

「即刻中止を求めるわ！」

いつのまにか紐を解かれたドレスが、身体からずり落ちていく。

「残念だけど雨天決行、今日の狩りは神様だって中止はできない」

アメリアは反論できない悔しさから、潤《うる》んだ瞳で睨みつける。

「ああ。そんな顔をしないで欲しいな。男は皆、ハンティングが好きなものだよ。逃げられるだけ、追い詰めたくなる。……たとえそれが隣国だとしてもね」

捕らえられたラプンツェルは、今日も王城という名の高い塔に囚《とら》われたままだ。そして、愛という名の固い金の鎖に縛られて、ずる賢い王子の言いなりになっていた。

愛の誓いの下で、永遠に――。

あとがき

　はじめましての方も、いつも読んでくださる方も、この本を手にとっていただきまして、本当にありがとうございます。仁賀奈《にがな》です。そして、シフォン文庫創刊おめでとうございます。

　このたびは、創刊メンバーに呼んでいただけて、とても嬉《うれ》しいです。光栄です！　ありがとうございます。

　そんな馬鹿《ばか》な（笑）。緊張し過ぎでおかしなテンションになりそうです。それはいつも通りだって⁉　仁賀奈だって真面目《まじめ》に考えることあるよ！　エロの体位とか、エロのシチュエーションとか、エロ最中のセリフとか！（お前の母がそんなことよりも嫁に行くこと考えてくれと泣いているぞ！（気のせい））仁賀奈はエロ萌《もえ》とともに朝日が昇《のぼ》って、エロ滾《たぎ》りとともに就寝《しゅうしん》します。私は本気だ！　こんな生活を３６５日続けています。これがプロ作家ってやつなんだよ！　泣いちゃだめだ！（自分に言い聞かせる）じゃあ、閏年《うるうどし》はなにしているんだとか、突っ込むような偏屈《へんくつ》なお方は私の好きな腹黒《はらぐろ》ドＳ《えす》の素質たっぷりだと思いますよ！

この腹黒ドS、大好きだ！

冗談はさておき今回のお話は、王子が全力でヒロインを口説《くど》くシンプルかつ王道できゅんな話にしようと思って書き始めました。しかし脱稿してみると、王子が全力で初恋の少女をストーカーする変態話に変貌《へんぼう》していました。王道はさておき、きゅんはどこ行った⁉　まさにミラクル‼　これは愛の魔法だよ！　魔女は実在したんだ！（意味のわからない人は、小説を読んでからここに戻ってください。途中で読書を挫折《ざせつ》したら、もうさよならだけどね！（自分で親密度フラグ折るな。））初めましての方は、どんな台詞《せりふ》が出てきたとしても、耐えてください。これが仁賀奈です。習うより慣れろって、昔の方もおっしゃってる！（誰の話だ）

実は今回、初めての書き方をさせていただきました。いつも美しい絵だとこっそり憧《あこが》れていた池上紗京《いけがみさきよう》先生にイラストをお願いできることになったので、欲が出たんですね。

いつも美しい絵を描かれる池上先生が自由にドレスふわふわでキラキラの絵を描いてくださったら、どんな仕上がりになるんだろう⁉　そう思うといてもたってもいられず、キャラデザのためだけのショートストーリーとプロットをお渡しして、配色も髪型も格好《かっこう》もすべてお任せで先にキャラクターを作っていただきました。仁賀奈は配色センスがいまいちなので、想像ができずに、いつもうんうん唸《うな》って頭を悩ませている部分をすべて池上先生にお任せ仕様にさせていただきました。さぼりじゃないよ！（笑）計画的犯行だよ！　私の考えた題に合わせて、ヒロインの髪を予定よりも伸ばしていただきましたが、それ以外は、完全にお任せです。結果、美しすぎて萌え滾る仕様に！　カバーがあまりに美しいので、それに合わせてこっそり本文も変更させていただいたりして、本当に楽しくも光栄な原稿になりました。こういう書き方は邪道《じゃどう》かと思いますが、シフォン文庫の初創刊の自分記念です（笑）。万歳《ばんざい》！　池上先生にはご迷惑をおかけして申し訳ございませんでしたが、本当に素晴らしいイラストをつけていただき、心から感謝しております。カバーだけでなくラフや口絵をみるたびに、テンションが上がって修正作業他とても楽しく執筆することができました。本当にありがとうございました！

そして担当編集のH様には、本当にご迷惑をおかけしました！　主にどういうところでご迷惑をかけたかというと、原稿が遅いとか。原稿が届かないとか。原稿の終了の目途《めど》が立たないとかありとあらゆる遅延《ちえん》をやらかしたわけですが!!　そんな状況にもかかわらず、急《せ》かすことなく根気よく原稿の仕上がりまで見守ってくださいましたH様には心から感謝しております。

十七年の人生のなかで（ナチュラルにサバをよむな）知らなかった日本語の間違いの衝撃の真実や、解りやすい文字の開きなど、いろいろ教えていただきまして、大変勉強になりました！　通常なら意味のわからない仁賀奈のこだわりにも同意していただけたので、とてもテンション高いまま原稿が書けました。あと心が折れそうになると、いつもタイミングよく燃料を投下してくださるので、本当に楽しく原稿が書けました！　H様本当にありがとうございました！

そしてこの本を読んでくださった皆様、本当にありがとうございます！　ご意見ご感想等ございましたら編集部のほうまで送っていただけると嬉しいです。お返事もさせていただいていますが、年に一度とか次第に遅くなり滞《とどこお》っている次第です！　気長に待ってやってくださると嬉しいです。

それでは恒例の最後に一言。腹黒万歳、腹黒万歳!!　なに言ってんだ、コイツと思った方、初めましてこんにちは。日本の作家で上から三十番目ぐらいには腹黒を愛してやまない仁賀奈です。三十番に好きなんて凄《すご》くないいんじゃないかとか思ったら駄目《だめ》だ！　こういうことは順番じゃない、どれだけ愛するかなんだ！　これこそが真実の愛！　腹黒愛！　馬鹿《ばか》なことを言っている間に原稿やれよと誰もが思っています。しかし、大切なのは真心ですよ！　自分の愛を追求するからこそ真実は美しい、人の生き様は美しい。そう誰が見ても痛々しい姿だとしても！（痛いの自分で解ってたのかよ!!）仁賀奈は今日も痛々しく腹黒愛を貫《つらぬ》きます（笑）。

皆さんには、どれだけ辛《つら》い一日を過ごしても、後悔のないよう大切な人を愛し、そして自分の信念を貫き、ちゃんとご飯を食べて睡眠をとっていただきたいです。きっと明日こそはいい日になりますように。それでは、ありがとうございました。

仁賀奈

シフォン文庫をお買い上げいただき、ありがとうございます。
ご意見・ご感想をお待ちしております。

✦——あて先——✦
〒101-8050　東京都千代田区一ツ橋2-5-10
集英社 シフォン文庫編集部 気付
仁賀奈先生／池上紗京先生

いいなりラプンツェル
—プリンス・ロイヤル・ウェディング—

2012年5月23日　第1刷発行　シフォン文庫

著　者　仁賀奈
発行者　太田富雄
発行所　株式会社集英社
〒101-8050東京都千代田区一ツ橋2-5-10
電話 03-3230-6355（編集部）
03-3230-6393（販売部）
03-3230-6080（読者係）
印刷所　大日本印刷株式会社

※定価はカバーに表示してあります

ISBN 978-4-08-670001-6 C0193